조현구

오랫동안 광고 프리랜서로 일하며 잡문을 써 왔다.
시간에 얽매이지 않고 시간을 잘 보냈다는 자신감에
이 책을 쓰기 시작했다. 그러나 이 책을 쓰면서
시간은 보내는 것이 아니라 갖는 것이란 생각을 품게
되었고, 앞으로는 이 생각에 따라 시간을 잘 간수하며
살아가 보려 한다. 짧은 소설 『세상의 B급인생들에게』와
에세이 『한줄도 좋다, 옛 유행가』를 썼다.

시간의 말들

시간의 말들

시간 부자로 살기 위하여

조현구 지음

들어가는 말
슬기롭게 시간을 '가지기' 위하여

시간을 어떻게 슬기롭게 보내지? 이러한 물음을 품고 이 책의 원고를 쓰기 시작했다. 어느 정도 잘 쓸 수 있겠다는 생각도 들었다. 시간 보내기에 나름 일가견이 있다고 자신했기 때문이다. 그 자신감은 나의 직업에서 비롯된다.

어려서부터 남이 정해 놓은 시간에 나의 시간을 맞춰야 하는 것이 너무도 싫었다. 그래서 나의 장래희망은 그 무엇도 아닌 '시간표 없는 삶'을 사는 것이었다. 다행스럽게도 그 장래희망을 현실로 만들었다. 시간에 구애 받지 않는 프리랜서라는 직업으로 꽤 오랫동안 밥벌이를 해 오고 있다. 이 직업을 에워싼 시간은 균일하지 않다. 어떨 때는 다급하다가도 어떨 때는 한없이 적적하다. 보통 사람이라면 이 들쑥날쑥한 시간에 쉽게 당황할 것이다. 그러나 '천성'에 '짬밥'까지 더한 나는 전혀 동요하지 않는다. 혼자 잘 일하고 혼자 잘 놀고 혼자 잘 먹고 혼자 잘 마시며 어떤 시간이라도 잘 보낸다.

하여, 나만의 슬기롭게 시간 보내기를 슬기롭게 글로 풀어내고자 했다. 수많은 '시간의 말들' 가운데 시간을 잘 보내는 기술에 관한 말들을 끊임없이 찾아다녔고, 그 말들에 담긴 의미를 나의 경험에 빗대 알리는 것에 시간을 쏟았다. 가장 자주 머문 곳은 동네 카페였다. 처음에는 그럭저럭 무난하게 진도가 나가는 것 같았다. 그런데 원고가 거듭되면서 뭔가 잘못되어 간다는 느낌이 들었다. 시간을 슬기롭게 잘 보낸다고? 그래서 남는 것은 무엇인데?

결론을 못 찾고 헤매는 시간 속에서 나를 꺼내준 것은 뜻밖에도 카페 옆자리에 앉은 젊은 학생들이었다. 그들은 무슨 공모전을 준비하는 것 같았는데, 잘 풀리지 않는 모양이었다. 한참 의견을 나누었음에도 결론에 도달하지 못했다. 그러더니 잠시 침묵 한 뒤 이렇게 얘기하는 것이었다. "우리 조금 더 생각하는 시간을 갖는 게 어때." 그 순간 주위의 모든 소음이 사그라들고 그들의 마지막 말만 내 귀에서 또렷이 반복, 재생되었다. "시간을 갖는 게 어때, 시간을 갖는 게 어때."

시간을 '보내는 것'과 시간을 '갖는 것'. 분명 차이가 있어 보인다. '시간을 보낸다는 것'은 그저 물리적으로 시간을 흘려보내는 것이지만, '시간을 갖는다는 것'은 그 흐름 속에서 의미와 성찰을 건져 내 소유로 만드는 것일 테니까. 카페의 학생들은 시간을 흘려보내지 않고 잘 가졌을까? 그래서 좋은 결과를 만들어 냈을까? 그런데 남 걱정할 때가 아니었다. 문제는 나였다. 시간은 '보내는 것'(낭비하는 것)이 아니라 '갖는 것'(축적하는 것)이어야 한다는 것을 이제야 깨닫다니.

자신감이 급 무너졌다. 그렇다고 잘못된 원고에 계속 시간을 낭비할 수 없었다. '슬기롭게 시간 보내기'에서 '슬기롭게 시간 갖기'로 방향을 선회하고 다시 '시간의 말들'을 찾아 나섰다. 그 말들에 관한 의견과 해석은 저마다 달랐다. 누구는 평탄한 시간에 만족하라 했고, 누구는 평탄한 시간을 극복하라 했다. 누구는 혼자만의 시간을 가지며 깨우치라 했고, 누구는 다른 사람과 시간을 가지며 소통하라 했다. 누구는 선지자의 깊은 시간을 따르라 했고, 누구는 거친 길이라도 아무도 손대지 않은 시간을 가라 했다. 그러나 공통분모가 있었다. 어떤 시간을 맞든 시간을 잃지 말라는 간절한 충고였다.

그 충고를 나의 글로 옮겨 갔다. 물론 힘들고 어려웠다. 그러나 그 시간은, 시간에 대한 나의 생각과 실천을 새롭게 해 주었다. 무엇보다 시간이 달라 보였다. 버릴 것 하나 없이 매 순간 빛나 보였다. 시간이 이런 것이었나? 그동안 별 욕심 없이 흘려보낸 것이 너무 아까웠다. 그래서 과욕하고 탐욕했다. 일할 때도 먹고 마실 때도 놀고 쉴 때도 시간을 간수했다. 흘린 시간을 주어 담았고 도망치려는 시간을 돌려세웠다. 시간을 마음껏 가졌다.

이 책에는 이와 같은 시간을 향한 욕심이 잔뜩 담겨 있다. 그러니까 이 책은 일종의 '시간 저축 지침서'라 할 수 있겠다. 물론 그 저축의 가르침을 내가 제시하지 않는다. 나는 시계 바늘처럼 그 가르침을 가리킬 뿐. 책에서, 영화에서, 노래에서 그 가르침을 찾았다. 창작자들이 그들만의 직관력과 통찰력, 그리고 육화된 교양으로 전해 주는 시간을 잃지 않고 나의 것으로 만드는 삶의 기술, 호시탐탐 시간을 도둑질해 가려는 나태함으로부터 인생의 유한한 시간을 지켜 주는 파수꾼이 될 것이다.

다만 걱정되는 것은 그들의 뜻을 내가 제대로 가리켰나 하는 우려이다. 12가지 시침이 아니라 100가지 지혜로 나눈 시간의 이야기를 담은 『시간의 말들』. 이 책을 만나게 될 사람들이 그저 시간을 '보내는' 것이 아니라 '가지기를' 바라는 마음뿐이다.

'쌓인 시간'이
이룩한 것은
어떤 노력으로도 한 번에
극복할 수 없는 것이라
깊은 좌절감을 준다.

00:01

김은경, 『습관의 말들』
(유유, 2020)

영화판을 기웃거린 적이 있다. '프리랜서 카피라이터'라는 명함에 '영화 시나리오 작가'라는 직함을 추가하면 조금 더 '달콤한 인생'이 될 것 같았다. 욕망을 인생의 과제처럼 여기던 시절이었다. 그러던 중 평소 안면이 있던 영화 기획자로부터 시나리오 작업을 같이 해 보자는 제안을 받았다. 그는 한국판 『풀 몬티』를 제작하고 싶다면서, 먼저 스트립댄서 일을 하는 주인공들처럼 특이한 직업군부터 찾아보라고 했다.

때마침 선거철이었다. 프리랜서 카피라이터도 덩달아 한몫 챙기는 철. 두 가지 일을 함께 했다. 한편으로는 '산소 정치인'이니 '국보 정치인'이니 이런 헤드라인을, 또 한편으로는 '누드모델'이니 '플로리스트'니 이런 직업군을 끊임없이 생각했다. 훗날 '탄소 국회의원'이 되고 '국보 사기꾼'이 된 정치인들은 내가 제시한 헤드라인에 꽤나 만족했던 것 같다. 하지만 영화 기획자는 내가 제시한 직업군에 전혀 만족하지 않았다.

왜 그렇게 생각이 뻔해요? 그의 말에 마음이 상했다. 그럼 다른 사람한테 맡겨 보시든지. 얼마 후 연락이 왔다. 정말 다른 사람한테 의뢰했단다. 나와 나이는 비슷하지만 영화판에서 모든 시간을 쌓은 시나리오 작가라고 했다. 그래, 어떤 직업을 생각했대요? 뭐 거기서 거기 아니겠어요? 그런데 그 시나리오 작가가 찾아낸 직업은 황홀했다. '낮에는 은행원, 밤에는 프로레슬러.'

한 분야에서 시간을 쌓는다는 것은 오랜 노력으로 빚어낸 진정성을 쌓는다는 것. 그 시나리오 작가와 나의 차이는 결국 진심의 차이였다. 영화판을 잠시 흘깃거린 내가 그의 진정성 가득한 시간을 이기기란 애당초 불가능했다. 깨끗이 포기했다. 그렇다고 주눅 들지는 않았다. 누구라도 그만이 쌓아 온 진실된 시간이 있는 거니까. 그렇게 믿었다.

커피를 내리고 마시는
시간만큼은 마음챙김
하려고 노력합니다.
그 시간만큼은 온전히
커피를 내리고 커피를
마시는 활동에만
주의를 둡니다.

00:02

허심양, 『우리는 모두 생존자입니다』
(한겨레출판, 2022)

하루 가운데 내가 가장 많이 허비하는 시간은 핸드폰을 들여다보는 시간일 것이다. 눈뜨자마자 핸드폰을 주섬주섬 찾고, 핸드폰을 꼭 쥐고 잠이 든다. 세상 돌아가는 뉴스와 간단한 정보를 핸드폰으로 살피며, 지인 동정도 핸드폰으로 엿본다. 이메일도 핸드폰으로 확인하며, 축의금과 부의금도 핸드폰으로 보낸다.

그뿐만이 아니다. 지나온 어떤 시간을 잊고 싶을 때도, 다가올 어떤 시간이 초조할 때도 핸드폰에 빠져든다. 핸드폰이 마치 절대자라도 되는 양 마음을 의지하고 몸을 의탁한다. 그런데 임상심리 전문가 허심양은 이러한 행동이 잊고 싶은 시간, 혹은 초조한 시간에서 나를 꺼내 주지 못할 거라 말한다. 이러한 행동은 결코 마음을 챙겨 주는 행위가 아니라 강조한다.

그러면 어떻게 마음챙김을 해야 하지?

'과거에 비통해하지 않고 미래를 염려하지 않으며 지혜롭게 현재를 두루 살피기'. 종교 지도자부터 심리학자에 이르기까지 마음챙김이란 '현재에 주의를 기울이는 것'이라고 똑같이 주장한다. 마음을 챙기고 싶다면, 커피를 만들고 마시는 시간에 괜히 핸드폰을 흘깃거리며 딴짓하지 말고 온전히 커피 향에 취해 보라는 것이다. 그러면 지나온 시간의 후회와 자책, 다가올 시간의 불안과 초조에 얽매이지 않고 현재에 깨어 있도록 해 준다고.

그 가르침대로 햇살 속을 걸어 보았다. 핸드폰에 손이 자꾸 갔지만, 그 유혹을 뿌리치고 햇살을 머금은 바로 이 순간의 파도 소리와 바다 내음에 온전히 취해 보고자 했다. 그랬더니 이 시간이 그냥 온 것이 아니라 나의 마음을 단단히 챙겨 주려고 온 것이란 생각이 들었다. 와, 나도 그들과 동급이 된 건가? 그런데 갑자기 커피가 마시고 싶어졌다. 할 수 없이 핸드폰을 꺼내 가까운 커피숍이 어디인지 다급히 찾아보았다.

풍경에는 시간을
자연적으로 분할하는
수많은 문자반이
존재하며, 저마다
모양새가 다른
수많은 그림자들이
시간을 가리킨다.

00:03

헨리 데이비드 소로, 『소로의 문장들』
(박명숙 옮김, 마음산책, 2020)

"네, 평창동입니다." 아침 드라마, 혹은 주말 드라마에서 부를 상징할 때 흔히 등장하는 클리셰다. 서울에서 손꼽히는 부자 동네로 각인돼 있는 평창동, 나는 이 동네에서 꽤 오랫동안 살았다. 그러다 보니 '있는 집 자식 아니야?'라는 오해도 꽤 받았다. 그 오해가 사실이라면 나쁠 것 없겠다. 하지만 현실은 서울 아파트에 살 재간이 없어 이 동네의 낡은 빌라에 전세로 산 것일 뿐.

그런데 이 동네에 살면 정말 삶의 질이 달라진다. 하루하루가 풍요로 벅차다. 다른 동네에서는 결코 경험할 수 없는 여유로움이 충만하다. 그 이유는 이 동네의 부유함 때문이 아니다. 이 동네의 풍경 덕이다.

이 동네는 서울의 도심과 실핏줄처럼 이어져 있다. 워낙 걷는 것을 좋아해 나갈 때도 들어올 때도 걷고 또 걸었다. 이 동네에서 도심으로 이어진 길은 아파트로 채워진 서울의 다른 길처럼 획일적이지 않다. 오밀조밀한 자연과 삶의 흔적들이 제각각이면서도 시계 부속품처럼 정밀하게 조화를 이룬다. 이런 풍경 위에서 햇빛은 시침이 되고 골목에 드리운 그림자는 분침이 되고 그 사이로 흐르는 바람은 초침이 된다. 이 자연과 삶의 시계는 정말 아름답게 시간을 가리킨다. 때로는 한옥 지붕 위 노을로, 때로는 성곽 위 뭉게구름으로, 때로는 담벼락 위 달빛으로 시간을 가르쳐 준다. 그리고 이 시간과 마주하는 시간은 한없이 안온하다.

이 명품 시계는 아무나 가질 수 없다. 도시의 산책자만이 소유할 수 있는 최상급 시계이자 시간이다. 비단 서울 도심뿐만이 아닐 것이다. 풍경의 진심을 아는 자에게만 열리는 시공간은 우리 주위에 수두룩하다. 그곳에서 지상 최고의 명품 시계를 하나쯤 소유하기를. 진정한 럭셔리 라이프란 바로 이런 것 아니겠는가.

장르에 빠지기 위해서는
시간과 노력이 필요하다.
그런데 유독 시는
감정의 깊이, 진실성
따위로 한 번에 깨닫거나
다가갈 수 있는 본질적인
무언가라는 휘장에
둘러싸여 있다.

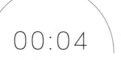

00:04

정지돈, 『영화와 시』
(시간의 흐름, 2020)

대학 시절 불교철학 강의를 들은 적이 있다. 모든 종교를 공부해 보겠다는 포부에서 시작했는데 끝은 미미했다. 그나마 기억나는 게 있다면 '돈오'頓悟라는 개념이다. 어느 순간 진리를 깨닫게 된다는 데에 급 매력을 느꼈다. 깊은 뜻은 잘 모르겠고, 점진적인 과정 없이도 단박에 깨달음의 경지에 다다를 수 있다니 얼마나 가슴이 떨리던지.

그 뒤로 '돈오'의 길을 좇았다. 우연히 기인을 만나 비급을 얻은 후 갑작스레 고수가 되는 무협지의 주인공처럼 벼락 상승을 꿈꿨다. 그러나 시간과 노력 없는 성취는 내 인생에 없었다. 당연하다. '돈오'의 깊은 뜻이 어찌 이렇게 세속적인 곳에 있겠는가.

그런데 정지돈 소설가는 한 번의 깨달음이 시의 영역에서는 가능하다고 말한다. 그런 것도 같다. 시를 향한 시간도 노력도 없던 때, 기형도의 시 구절은 단박에 내 마음에 박혔다. "나의 생은 미친 듯이 사랑을 찾아 헤매었으나/ 단 한 번도 스스로를 사랑하지 않았노라." 하여 『입 속의 검은 잎』을 사서 읽고 또 읽었다.

그러나 여기서 고백해야겠다. 읽고 또 읽었지만 앞부분만이었다. 그래서 기형도 시 가운데 내가 가장 잘 아는 시는 「안개」다. 이 시집 맨 앞에 실려 있으니까. 중간으로 갈수록 어떤 시가 있는지 안개처럼 희미하다. 앞으로 또 이 시집을 읽게 되면 거꾸로 맨 마지막에 실린 「엄마 걱정」부터 읽어야겠다.

그러고 보니 정지돈 소설가의 말대로 시가 한 번에 마음에 닿을 수는 있어도, 그 깊이와 진실성을 오래도록 간직하려면 많은 시간과 노력이 필요할 터다. 세상 쉬운 일 없다. 세속 사회에서 시간과 노력 없이 되는 일은 없다는 사실을 단박에 깨닫는다.

아니다, 있을지도 모른다. 시간과 노력 없이 떼돈을 버는 저 자본주의의 행운아들을 보면.

우리의 일이 불행한 이유는 일의 과정에서 내 시간을 통제할 수 없다는 데 기인하는 건 아닐까?

00:05

장일호, 『슬픔의 방문』
(낮은산, 2022)

드라마 『대행사』가 인기였나 보다. 이 드라마의 배경처럼 나도 대기업 계열의 광고대행사에서 몇 년 일해 보았다. 관료적이라고 소문난 다른 대기업 홍보실을 다니다 이직했는데, 새 직장은 좀 더 창의적인 분위기일 것 같아 꽤나 마음이 설렜다. 그러나 설렘은 곧 실망으로 바뀌었다.

겉으로는 일반적인 회사와 많이 달랐다. 여느 직장인들과 달리 청바지 차림으로 출근했고, 회의실도 여러 가지 형태로 꾸미며 신선했다. 그런데 속으로는 더하면 더했지 다르지 않았다. 출근 시간은 있는데 퇴근 시간은 없었고, 일하는 과정에서 폭언과 비하가 난무했다. 가장 어이가 없는 것. 팀원들이 오랜 시간 공들여 만든 결과물이 리뷰 과정에서 윗사람의 잠깐 동안의 판단에 의해 아주 간단히 버려졌다. 더 웃긴 것. 윗사람의 판단에 따라 결과물이 성과물이 되면 그 공은 그에게 돌아갔고, 폐기물이 되면 그 과는 팀원들에게 돌아갔다.

점점 정나미가 떨어졌다. 그런데 광고라는 일에는 분명 매력적인 부분도 많았다. 내가 쓴 카피가 전파를 타고 다른 사람의 일상에 가닿는 순간은 제법 짜릿했다. 그렇게 따져 보니 문제는 일이 아니었다. 나의 일을 불행하게 만든 건 불합리한 환경이었다. 일의 과정에서 내가 전혀 컨트롤할 수 없는 시간과 사람, 그러면서 불편해지는 관계로 말미암아 내 일에 정나미가 떨어졌던 것이다.

그래서 큰 모험을 저질렀다. 광고 일을 계속하되 환경을 바꿔 보기로. 프리랜서가 되기로 마음먹었다. 그리고 여기까지 왔다. 그 결정을 후회할 때가 있느냐고? 내 시간과 내가 만나는 사람을 내 뜻대로 통제하는 것이 행복의 또 하나의 조건이라면, 나는 그 결정을 단 한 번도 후회해 본 적이 없다.

여름 저녁
7시 40분과 8시 사이의
마법. 차원의 틈.
그 틈에서 새어나와
지상에 번져가는
시간의 색.

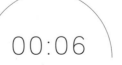

00:06

허은실, 『내일 쓰는 일기』
(미디어창비, 2019)

지구는 참 힘들겠다. 80억 지구인을 일일이 관리해야 하니 말이다. 스스로 한 바퀴를 도는 24시간 동안 쉴 틈이 없을 것 같다. 그렇게 바쁜 지구가 오직 나 하나만을 위해 시간을 내줄 수 있을까?

집에서 10분만 걸어가면 빨간 등대가 나온다. 등대 주위는 평소 낚시꾼들이 점령하고 있는데, 그곳에서 바라보는 일몰 광경은 가히 절경이다. 묘박지(배들이 정박하는 장소) 너머 수평선으로 해가 넘어가는 붉은 시간은 심장을 간지럽힌다. 그중에서도 일몰이 가장 아름다운 시기는 7월 초. 장마 끝에 자신의 존재를 휘황하게 드러낸 뒤 서쪽 바다로 유유히 자취를 감추는 여름 해의 붉디붉은 잔광은 정말 감동적이다. 그즈음이면 저녁마다 무조건 빨간 등대로 향한다. 그곳에서 세상 가장 아름다운 노을과 매일같이 만나고 황홀하게 이별한다.

하지만 지난여름은 흐린 날이 이어지는 통에 일몰의 아름다움도 지지부진했다. 그날도 마찬가지였다. 오후에는 폭우마저 쏟아졌다. 그런데 비가 그치자 다 늦은 햇빛이 갑자기 나타나 초저녁 바다에 잔뜩 고였다. 얼마나 날이 투명한지 저 멀리 수평선과 외딴 섬의 윤곽까지 또렷했다. 무조건 등대로 뛰어나갔다. 오랜만에 붉은 노을이 찾아올 것 같았다. 예상이 적중했다. 지구가 마법을 부렸다. 갑자기 차원의 틈을 열더니 붉은색을 쏟아 냈다. 알라스카에서 보았던 오로라보다도 더 찬란한 이 빛깔을 무어라 불러야 할까?

폭우 뒤라 등대 주위에는 낚시꾼도 동네 사람도 없었다. 80억 지구인 가운데 오직 나만이 이 장관과 마주하고 있었다. 불과 5분 남짓했지만 지구가 나만을 위해 시간을 내주었던 것이다. 눈물이 저절로 나왔다. 그리고 한없이 감사했다. 이 저물녘, 나를 위로해 주고 행복하게 해 주는 지구의 세심한 배려의 시간에.

시간을 균질화하는
배후의 동력은 바로
화폐라는 '숨은 신'이다.

00:07

고미숙, 『계몽의 시대』
(북드라망, 2014)

가끔씩 대학야구를 보러 다닌다. 도시의 외딴 섬, 스포츠 뉴스에 단 한 줄도 나오지 않을 대학야구 경기가 펼쳐지는 한낮의 야구장은 대단히 한가롭다. 투명한 햇빛이 녹색 그라운드에 느릿하게 고인다. 마치 풀장 같다. 아직 성숙하지 않은 선수들은 발목까지 잠긴 푸른 햇살의 그라운드를 첨벙첨벙 뛰어다닌다. 하지만 아름답다. 하얀 유니폼을 입고 그 햇빛의 풀을 유영하는 그들의 모습은 황홀하다.

관중은 백 명도 안 된다. 그들에게 승부는 그다지 중요하지 않다. 중요한 건 그들의 시간에 아무도 간섭하지 않는다는 것. 그들은 간간이 경기를 보다가 자기 일에 집중한다. 누구는 골똘히 앉아 취업 문제를 풀고 누구는 멍하니 앉아 인생 문제를 푼다. 누구는 싸 온 도시락을 먹고 누구는 사 온 햄버거를 먹는다. 누구는 콜라를 마시고 누구는 소주를 마신다. '시간은 금이다'라는 격언과는 한참 떨어져 있는 사람들. 그러나 왠지 모르게 그들은, 그들 나름대로 시간을 아주 잘 보내고 있다는 생각이 든다.

동시성의 상대성. 그렇다, 같은 도시지만 이곳의 시간은 달리 흐른다. 밖의 시간과 균질하지 않다. 밖이 정해 놓은 시간의 눈금대로라면 그들은 시간을 헛되이 보내고 있다. 하지만 이곳에 정해진 시간은 없다. 여기서만큼은 시간이 직선으로 흐르지 않는다. 그래서 시간에 얽매이지 않는 그들은 참 편안해 보인다.

하지만 이곳도 언젠가 문을 닫는다. 이곳의 시간도 균질화된다. 느린 커브와도 같던 시간이 흘러가면 도시의 그림자가 그라운드에 고인 햇빛을 몰아낸다. 그들은 다시 시간이 빠른 속도로 흐르는 세계로 돌아간다. "시간은 금인데 너희는 지금 뭐하는 짓이냐"라는 손가락질을 피해 걸음에 속도를 낸다. 어둠이 내린 도시 속으로 바퀴벌레가 숨듯 재빠르게 흩어진다.

우리는 음악을 들으며
시간을 견딘다. 아니,
이 말은 조금 수정해야
할 것 같다. 우리는
음악을 들으며 시간을
뛰어넘는 방법을 배운다.

00:08

김중혁, 『모든 게 노래』
(마음산책, 2013)

내 음악 감성에는 소설가 김연수와 비슷한 구석이 있는 것 같다. 말 같지도 않은 소리라고? 진짠데, 진짠데, 억울하기 짝이 없다.

그 노래를 만난 건 정말 우연이다. 일본 소설과 영화의 흔한 배경인 '전공투 시대'에 관련된 자료를 검색하다가 그 노래 「우리들의 실패」와 조우했다. 그 순간 왠지 모를 쓸쓸함과 허전함이 가슴에 와닿았다. "변하지 못한 채 지하 재즈다방에 무연히 앉아 있는 우리 옆으로 시간은 나쁜 꿈처럼 스쳐 지나가네." 뽀글뽀글한 파마머리에 늘 검은 선글라스를 끼고 이 노래를 부르던 모리타 도지. 높고 가련하지만 더없이 고운 그의 음색을 따라가다 보면, 어느새 나는 시간과 공간을 뛰어넘어 1970년대 도쿄 변두리 재즈 다방에 앉아 있었다.

한동안 이 노래를 무진장 들었다. 아주 치명적인 실패는 아니지만 하는 일마다 성공과 거리가 멀었던 그 무렵의 시간을 이 노래를 들으며 건너왔다. 안 좋을 때마다 이 노래를 틀었고, 그러면 아주 가뿐히 공간을 뛰어넘어 모리타 도지가 공연하는 재즈 다방으로 시간 여행을 다녀올 수 있었다. 「우리들의 실패」는 역설적이게도 성공하지 못해 움츠러든 나의 시간을 다독여 주었다. 노래란 이런 것이었다.

김연수의 『이토록 평범한 미래』를 읽다가 깜짝 놀랐다. 이 단편집에 수록된 「사랑의 단상 2014」에 죽은 친구를 기억하기 위해 검은 선글라스를 한 번도 벗지 않은 모리타 도지의 에피소드가 나왔기 때문이다. 두근거렸다. 작가도 나처럼 모리타 도지의 노래를 들으며 시간 여행을 떠났을까? 모리타 도지의 노래를 들으며 아픈 시간을 견뎌 냈을까?

내가 흠모하는 사람과 공감하는 지점을 찾아낸 그 순간, 이루 말할 수 없을 만큼 짜릿한 전율이 흐른다.

코믹 스트립을 읽는
데에는 하루에 16초라는
짧은 시간밖에 걸리지
않지만, 그 시간들은
축적되면서 계속
이어져 나간다.

00:09

찰스 슐츠, 『찰리 브라운과 함께한 내 인생』
(이솔 옮김, 유유, 2015)

찰스 슐츠의 『피너츠』는 네 컷밖에 안 되는 만화다. 하지만 전 세계 독자들은 『피너츠』의 주인공 찰리 브라운과 반려견 스누피의 성격을 너무도 잘 알고 있다. 신문에 실린 이 네 컷 만화는 비록 분주한 아침의 짧은 시간일 테지만 매일같이 독자들과 마주하며 찰리 브라운과 스누피의 캐릭터를 견고하게 쌓아 왔다.

만화뿐 아니다. 인생에서도 캐릭터는 하루아침에 쌓을 수 없다. 매일매일 관계망 속에서 무수히 축적해 온 시간이 그 사람의 캐릭터를 형성한다. 주변 사람들에게 나는 어떤 캐릭터로 각인돼 있을까? 문득 궁금해 물어보면 대부분 단번에 대답을 못 한다. 아마도 캐릭터가 불분명한 게 나의 캐릭터인 탓이리라. 나는 주위 사람들과 잘 섞이는 편이다. 이유는 딱 하나. 잘 섞여 있어야 티가 안 나기 때문이다. 초등학교나 중학교 시절 연극 배역을 정할 때도 그랬다. 다른 아이들은 주요 배역을 맡지 못할까 봐 안절부절못했으나, 나는 뒤에서 병풍 역할을 하거나 가끔씩 소리만 지르면 되는, 티 안 나는 '병정1' 혹은 '병정2'가 훨씬 편했다.

꽤 오랜 시간이 지났는데도 이런 성격은 그대로다. 내 의지와 상관없이 결성된 모임이나 가입된 카톡방에서 탈출하고 싶지만 티가 날까 봐 탈출을 못 한다. 뭐 이런 성격 때문에 불편한 일은 없다. 미묘한 상황이 닥치더라도 내 몸에 쌓여 저장된 시간이 저절로 작동하며 어색한 분위기를 가라앉히고 잘 섞이게 해 준다. 때문에 나는 무난한 사람이라 평가받는다.

하지만 티를 내야 할 때는 내야겠다는 생각이 든다. 자신을 위해서가 아니라 모두를 위해서 티를 내는 사람들을 보면, 뒤에서 '병정' 역할만 해 온 내가 너무 비겁했다는 생각이 든다. 그래서 지금부터 다시 시간을 쌓아 갈까 한다. 나의 무미건조한 캐릭터에 티를 좀 내 볼까 내심 궁리 중이다. 아니, 실천 중이다.

어쩌자고 이 서울
변두리에 자신만의
왕국을 건설한 것일까.
심지어 그는, 이곳에
무지개의 시간까지
창조해 놓았다.

00:10

조해진, 『여름을 지나가다』
(민음사, 2020)

고등학교 2학년 첫 등교 날이었다. 오전 수업만 하고 학교가 끝났는데, 새롭게 짝이 된 친구가 자기 집에 놀러 가자고 했다. 선뜻 내키지 않았으나 선뜻 거절하지 못하는 성격이라 얼떨결에 그 친구 집에 가게 됐다. 한편으론 누군가의 아주 사적인 삶의 속살을 엿본다는 호기심도 있었다.

친구 집은 아담한 2층 양옥이었다. 간단히 라면을 끓여 먹고 친구 방으로 올라갔는데, 깜짝 놀랐다. 꽤 널찍한 방의 모든 벽이 LP판과 카세트테이프, CD, 음악 잡지로 가득 채워져 있었다.

낯선 왕국에서 쭈뼛대는 나를 친구가 방 가운데로 안내했다. 이어 커튼을 치고는 컴컴해진 방에서 턴테이블에 LP판을 올려놓았다. 찢어질 듯한 연주음이 방 안을 휘감았다. 나는 그날 '록'이라는 장르와 정식으로 인사했다. 가슴 깊이 쿵쾅대는 격한 리듬은 처음엔 두렵기까지 했다. 그러나 묘한 흡인력이 있었고, 새로운 LP판이 올라갈 때마다 두려움은 두근거림으로 바뀌었다.

'록'의 선율만 흐르는 컴컴한 방에서 시간은 멈춰 있었다. 그런데 살짝 열린 커튼 사이로 빛이 내려와 바닥에 무지개 시계를 그려 놓았다. 12개가 아니라 '빨주노초파남보' 7개의 눈금을 가진 일곱 빛깔 무지개 시간은 오직 그 왕국에서만 통용되는 시간의 단위였다. 나는 그 환상적인 시간 속에서 시간 가는 줄 몰랐다.

그 뒤로 시험이 끝나는 날마다 그 친구 집에 가서 음악을 들었다. 너무도 즐거웠다. 그러나 친구가 이민을 가는 바람에 그 왕국의 시간은 영영 멈춰 서고 말았다. 요즘도 문득 그 왕국과 그 친구가 그리워질 때가 있다. 무엇을 하고 있을까, 이 지구 어느 곳에선가 LP바를 열지 않았을까? 괜히 그럴 것 같다. 그리고 그 LP바에는 커튼 사이로 스민 빛이 빚어내는 무지개 시간이 추억처럼 흐르고 있을 것만 같다.

여행에서 가장 행복한
시간은 배낭을 싸는 시간,
그중에서도 어떤 책을
넣어 갈까 고민하는
시간들입니다.

00:11

이희인, 『여행자의 독서』
(북노마드, 2021)

크리스마스가 그랬고, 소풍이 그랬고, 축제가 그랬다. 손꼽아 그 날을 기다렸건만 정작 당일은 시시한 적이 많았다. 오히려 더 설 렜던 시간은 준비의 시간이었다. 그날을 가장 멋진 날로 만들고 싶어 궁리하고 계획하던 시간이 마음을 더욱 들썩이게 했다. 그 래서 한참 세월이 지나고 되돌아보면, 그날은 기억이 하나도 없 는데 준비의 시간은 생생히 기억나는 경우가 많다.

준비의 시간을 가장 들뜨게 하는 것은 아마도 여행이 아닐까 싶다. 최고의 여행이 있고 최악의 여행도 있겠지만, 그 준비의 시간만큼은 언제나 두근대고 즐겁다. 여행 준비의 백미는 짐 싸 는 시간이다. 여행의 패션과 건강과 효율을 위해 꼼꼼히 꾸려야 한다. 캐리어를 가지고 비행기에 타려면 10킬로그램을 넘지 않 아야 하니 잘 선별해야 한다. 그 와중에 제일 고민되는 것이 책이 다. 『여행자의 독서』에서 이희인 작가는 여행지에서 읽기 좋은 책을 고르느라 고민하지만, 나는 책을 갖고 갈 것인가 말 것인가 하는 원초적 고민부터 한다. 가족들은 보나마나 안 읽을 책을 무 게만 나가게 왜 가지고 가냐며 눈총을 준다.

비행기에서는 영화를 보느라, 호텔에서는 그 나라 TV를 보 느라, 여행지 버스에서는 그 나라 경치를 보느라 결국 책은 한 줄 도 읽지 않는다. 가족들 말대로다. 그럼에도 여행 배낭에는 시집 한 권이라도 꼭 들어 있다. 굳이 변명을 하자면 외출할 때 책과 노트가 담긴 책가방을 꼭 들고 나가는 것과 같은 심리다.

모든 일이 반드시 결과를 담보해야 하는 것은 아니다. 과정 의 시간이 즐거웠다면 그 또한 의미가 있다. 그래서 오늘도 여행 짐을 꾸리며 가족들의 따가운 시선을 뒤에 둔 채 책 몇 권을 꾸역 꾸역 집어넣는다. 읽게 되든 아니든 여행지의 파라솔 밑에서 아 주 우아하게 책장을 넘기는 달콤한 상상을 하며.

일 년에 한 번 탄생일이
오듯이 하루에 한 번
탄생시간이 옵니다.

00:12

나가노 시계점 광고 카피 중에서

카페 옆 테이블, 20대로 보이는 몇몇이 생일 파티를 하고 있다. 가운데 자리에 주인공이 수줍게 앉아 있고, 가장자리에는 그들의 커다란 백팩과 백팩에도 못 들어가는 두꺼운 취업 수험서가 층층이 쌓여 있다. "왜 태어났니? 왜 태어났니?" 농담 섞인 친구들의 노래가 끝나자 주인공이 생일 케이크에 꽂힌 촛불을 후, 불어 끈다. 그런데 갑자기 튀어나온 주인공의 푸념. "진짜 왜 태어난 거지?"

되는 것 하나 없는데 끝없이 경쟁해야 하는 세상, 이룬 것 하나 없는데 끝없이 비교당해야 하는 세상, 부조리하고 불평등한 거지같은 세상, 그래서 슬픔도 많고 아픔도 많은 세상. 왜 태어난 거지? 아니, 왜 태어나진 거지? 그러자 모두의 침묵, 모두의 동의, 모두의 자조가 이어진다.

이런 시무룩한 시간이 있는 곳에 일본 나가노 시계점 잡지 광고는 출생의 시간을 슬그머니 가져온다. 그때의 어머니의 온기를, 아버지의 눈빛을 상상해 보지 않겠느냐고 권유한다. 그때 나는 세상에서 가장 소중한 존재였음을 환기시킨다. 그리고 이렇게 말한다. "일 년에 한 번 탄생일이 오듯이 하루에 한 번 탄생 시간이 옵니다. 당신은 몇 시 몇 분에 이 세상에 태어났습니까?"

이처럼 휘황하게 태어난 나, 기껏 일 년에 한 번 탄생을 축하받을 자그마한 존재가 아니다. 매일매일 축하받아야 할, 여전히 소중하고 커다란 존재다. 누구에게? 적어도 나에게만큼은. 이제 곧 태어난 시간이 온다. 그 시간은 온전히 나만의 시간이다. 다시 결기를 다지고 다시 세상을 향해 찬란하게 나아갈 시간이다. 그러니 더 이상 자조 말고 소중한 나를 영접하고 환대하고 추앙하기를. Happy Birth Time To Me! 태어난 시간을 잃지 않는 건, 나의 자존감을 잃지 않는 것이다.

먼로의 가장 나쁜
버릇은 시간관념이 없는
것이었다. 전성기에는
약속에 무려 24시간을
늦은 적도 있었다.

00:13

『뉴욕타임스 부고 모음집』
(윌리엄 맥도널드 엮음, 윤서연 외 6명 옮김, 인간희극, 2019)

1962년 여름 마릴린 먼로가 젊은 나이에 사망했다. 대배우의 급작스러운 죽음에 모든 언론이 애도했다. 『뉴욕타임스』 역시 부음 기사를 실었는데, 먼로가 약속 시간에 24시간을 늦을 정도로 평소 시간관념이 부족했다며 가십성 내용을 덧붙였다. 이 세상의 시간을 마치고 저세상으로 가는 고인의 길에 뭐 이런 치사한 저격까지. 그런데 궁금한 것이 있다. 상대는 정말 인내심을 갖고 24시간을 기다렸을까?

"어쩔 수 없었어요. 아름다운 금발 여성은 얼마든지 찾을 수 있지만, 마릴린 먼로는 단 한 명뿐이었으니까요."

『뉴욕타임스』 기사는 소속사 대표의 말을 빌려 마릴린 먼로가 대체 불가 '팜 파탈'이었음을 강조한다. 그러나 그의 매력은 결코 육감적인 면에만 있지 않았다. 스크린 속 마릴린 먼로는 금발 백치미의 수동적 캐릭터였으나, 스크린 밖 마릴린 먼로는 그와 딴판이었다. 매우 똑똑했고, 인종 차별에 저항했으며, 특히 할리우드의 남성 위주 시스템에 대항해 여성 배우 최초로 독립 프로덕션을 설립할 만큼 진보적이었다.

자존감과 유머 감각도 넘쳤다. 기자들이 먼로가 무명 시절 집세 낼 돈을 벌기 위해 부득이 누드모델을 한 것을 자꾸 흥밋거리로 삼으며 "정말 아무것도 걸치지anything on 않았느냐"고 묻자, 먼로는 "라디오는 켜 놨다radio on"고 당당히 맞받아쳤다.

그런 매력투성이 배우였기에, 그의 갑작스러운 죽음은 더욱 애달팠다. 하지만 그의 길지 않은 36년의 생은 꽤나 또렷한 메시지를 남겼다. 세상의 시간을 나의 시간에 맞추려면 아무도 흉내 내지 못할 '대체 불가의 나'가 되어야 한다는 메시지를 말이다. 그렇지 않다면? 세상의 시간에 나의 시간을 맞출 수밖에. 그래야 시간관념만큼은 아주 확실하다는 평가를 받을 수 있을 테니까.

경계선 너머로 시간이
맹렬한 속도로
흘러가지만 이쪽엔
시간이 막혀 고인다.

00:14

이명석, 『이상하게 살아도 안 이상해지던데?』
(궁리, 2022)

10여 년 전, 을지로 3가에서 대부분 시간을 보냈다. 그곳에 작업실이 있었기 때문이다. 와, 그렇게 핫한 곳에 작업실을 갖고 있다니. 그런데 그때는 핫하지 않았다. 여기저기 공구 상가에서 내뿜는 쇳내음과 알 수 없는 화약약품 냄새만 가득했을 뿐이다. 바쁘게 골목을 오가는 수레바퀴 소리와 알 수 없는 기계 소리만 가득했을 뿐이다.

내 작업실은 그 냄새와 소리의 한복판, 낡은 건물 2층의 작은 공간이었다. 처음에는 냄새가 역겨웠고 소리가 성가셨다. 그런데 그곳의 시간에 어느새 동화돼 버렸다. 고백하자면 혼자만의 시간이 참 편했다. 그러나 공구 상가가 문을 닫아 소리와 냄새도 사라지는 휴일 밤에는 개미새끼 한 마리 없어 정말 무서웠다.

나는 그곳의 '인싸'였다. 혼술을 하러 가면 노가리집 사장님, 감자탕집 사장님, 동그랑땡집 사장님과 말을 섞고 뜻을 섞었다. 그때는 그 동네가 바쁘지도 붐비지도 않았다. 길 하나를 건너 빌딩 숲엔 시간이 맹렬하게 흘렀지만, 그곳 공구 상가 숲엔 시간이 느릿느릿 흐르다 막혀 고였다. 그 길은 시간과 시간의 경계였다.

그런데 그곳의 시간이 달라졌다. 경계가 허물어졌다. 사장님들은 정신없이 바빠졌다. 혼술은 언감생심. 개미새끼 한 마리 없던 휴일 밤은 오히려 평일 밤보다 더 붐빈다. 어찌 보면 길 건너보다 더 빠르고 더 사나운 시간이 탐욕스럽게 흐르고 있다.

그렇다, 언젠가 경계는 허물어지기 마련이고, 고여 있는 시간은 흐르기 마련이다. 하지만 그 시간의 혜택이 현재의 승자에게 몽땅 돌아가는 꼴은 도저히 못 봐 주겠다. 그 시간은 분명 과거로부터 흘러온 것이기 때문이다. 경계가 허물어진 것은 어쩔 수 없더라도 마음만큼은 허물어지지 않기를. 한때 그곳의 '인싸'였던 사람으로서 가만히 빌어 본다.

달과 눈을
뽐내면서 살아온
한 해의 끝

00:15

마쓰오 바쇼, 『바쇼 하이쿠 선집』
(류시화 옮김, 열림원, 2015)

한 해가 저물 무렵이면 일 년 동안 한 일이 무엇인지 곰곰이 되새겨 보게 된다. 나는 올 한 해 어떤 시간을 새겨 두었는가? 똑같다. 평범하다. 변화라고 하면 꿈꿨던 것들의 눈높이가 해가 갈수록 조금씩 낮아지고 있다는 것뿐. 그런 헤아림을 하며 동네 길을 걷고 있는데, 한 여자고등학교 교문에 걸린 플래카드 문구가 영 눈에 거슬린다. "너희들 앞에 빛나는 시간만 있을 거야."

무책임한 어른들. 어떻게 빛나는 시간만 있겠는가. 빛나는 시간을 만나지 못하는 아이들은 어쩌란 말인가. 수능을 끝낸 아이들을 격려하기 위한 문구 같은데, 응원과 위안은커녕 은근한 강압과 협박처럼 느껴진다.

울퉁불퉁한 마음으로 동네 길을 벗어나 해변 길로 접어든다. 멀리서 여고생 한 무리가 사진을 찍고 있다. 노을 지는 이 황홀한 시간을 잡아 놓고 싶은가 보다. 쭈뼛대며 나를 기다리는 꼴이 사진 찍어 달라고 부탁할 것 같다. 뭐야, 왜 내 시간을 빼앗으려 해!

그러나 프레임을 보는 순간 마음이 달라진다. 노을과 우정을 자신들의 스마트폰에 가장 아름답게 겹쳐 놓고 싶다는 아이들의 바람이 그대로 나에게 전달된다. 그들이 활짝 웃으며 팔짝 뛰는 순간을 초집중해 셔터를 누른다. 그리고 아이들이 몰려와 사진을 채점하는 시간. 조마조마 가슴이 뛴다. 잠시 후……

"아저씨, 대박!"

바쇼여, 그대는 달과 눈을 문장으로 뽐내며 이 한 해를 채웠는가? 나는 붉은 노을과 소녀들의 투명한 웃음을 사진으로 뽐내며 마침내 이 한 해를 채웠다네. 아이들의 카톡방 대문에 걸리게 될 내가 찍어 준 사진. 올해에 가장 잘한 일, 가장 뜻깊은 시간이다. 그리고 강압과 협박이 되든 말든 나는 속으로 이렇게 빈다.

'너희들 앞에 빛나는 시간만 있을 거야.'

화를 떨쳐 버리는 데는
아침이 제격이다.
아침 시간에 분노의
감정을 잘 처리하면
하루를 마음 편안히 평소
모습대로 보낼 수 있다.

00:16

고토 하야토, 『나는 아침마다 삶의 감각을 깨운다』
(조사연 옮김, 21세기북스, 2021)

중학교 시절 영어 시간에 「Morning Has Broken」이라는 노래를 배웠던 기억이 있다. 하느님이 만든 아침을 찬양한다는 청량한 멜로디의 스코틀랜드 가스펠송이었다. 그런데 '아침이 밝았다'는 것을 어떻게 '아침이 깨졌다'고 표현할 수 있지? 사람들 참 살벌하다고 속으로 생각했다.

그런데 나이가 들수록 그 표현에 공감하게 되는 일이 점점 많아진다. 아침이라는 시간은 꿈 안에서 꿈 밖으로 나오는 시간, 비현실에서 현실로 나오는 시간이기 때문이다. 회사 가고, 학교 가고, 가게 가고, 학원 가고, 아니면 아무 데도 갈 곳 없고…… 아침이라는 시간은 이불 속에 남아 있는 달콤한 온기와 안식과 환상이 거친 알람 소리와 함께 한순간에 깨지는 시간이다. 지긋지긋한 경쟁이 있는 세상으로 나가야 하는, 신경이 곤두서는 시간이다.

때문에 아침에 감정을 잘 처리하는 일은 정말 중요하다. 예민함을 누르고 마음을 잔잔하게 해야 하루가 온전하다. 그래서 출근길마다 베토벤 교향곡 6번 「전원」을 듣는다는 지인이 있다. 딱히 클래식을 좋아해서가 아니라, '나는 지금 동물들이 사는 정글에 가는 게 아니라 식물들이 사는 전원에 가는 거다'라고 스스로 마인드 컨트롤을 하기 위해서라고.

"허접한 것들 싹 비워지고 파랗게 씻긴/ 아침이 행복하지 못했던 적 있었던가?" 메리 올리버의 시 「나, 일찍 일어나는 사람 아니던가」의 한 구절이다. 아무리 어떻다 해도 세제 냄새가 옅게 남아 있는 면티의 부드러움과 잘 다려진 셔츠의 상쾌함을 느낄 수 있는 시간은 아침밖에 없다. 정녕 아침에 깨트려야 할 것이 있다면, 먼지처럼 쌓인 번뇌의 시간이다. 그 시간을 싹 비워 내고 파랗게 씻긴 아침 마음을 품는다면, 오늘 하루도 아름다운 것들이 찾아와 마음의 문을 톡톡 두드려 줄 것이다.

"이 세상을
떠나기에 앞서 우선
동료들과의 작별에
2분을 쓰고, 자기 자신을
생각하는 데 2분,
그리고 나머지 1분을
마지막으로 주위의
광경을 둘러보는 데
할당했다는 것입니다."

00:17

도스토옙스키, 『백치』
(박형규 옮김, 동서문화사, 1978)

김초엽 소설 『우리가 빛의 속도로 갈 수 없다면』의 주인공은 '딥 프리징' 연구자다. 그는 가족이 기다리는 다른 행성으로 가기 위해 동결과 각성을 반복하면서 백일흔 살을 산다. 영화 『인터스텔라』의 주인공도 블랙홀 근처에서 지구보다 느린 시간을 보내고 돌아온다. 할머니가 된 딸의 죽음과 마주하는 그는 여전히 젊은 얼굴이다.

SF소설과 영화를 보고 있자면, 삶의 시간을 연장시키는 꿈이 꿈으로만 끝나지 않을 성싶다. 그런데 이 작품 속 주인공들은 늘어나는 시간에 관심이 없다. 중요한 것은 '어떤 삶을 지향하는 시간인가'라고 근엄하게 따져 말한다. 멋지다.

물리적 시간에 연연하지 않는 것은 생이 얼마 남지 않은 작중 인물도 마찬가지다. 도스토옙스키의 『백치』는 이 세상에서 단 5분의 삶이 남은 정치범 사형수가 그 시간을 얼마나 담대하게 보내는지를 감동적으로 그려 낸다. 2분을 동지를 돌아보고 2분을 나를 돌아보고 1분을 풍경을 둘러본다. 그 짧은 시간을 마치 하나의 긴 인생처럼 여기며 5분의 장대한 서사를 만들어 간다.

결국 '시간의 양'이 아니라 '시간의 질'이라는 얘기겠다. 그래도 백일흔 살을 사는 김초엽의 인물과 5분을 사는 도스토옙스키의 인물 중 하나를 고르라면 당연히 전자를 선택할 것 같은데, 나만 그럴까? 에고, 쓸데없는 상상 말고 내 인생의 시간을 밀도 있게 보낼 수 있는 가르침이나 찾아보는 편이 낫겠다.

철학자 피에르 쌍소는 『느리게 사는 것의 의미』에서 이렇게 말한다. 인생에서 가장 흥분되는 일은 하루의 탄생이라고. 바로 이거다. 하루는 반복되는 시간이 아니라 매순간 새롭게 깨어나는 시간이라는 가르침. 이를 자각하고 두근거림으로 하루를 대할 때 '시간의 질'은 절로 높아질 것이다.

버튼으로 초 단위까지
정확하게 맞출 수 있는
디지털 시계들 속에서
이 낡은 아날로그 시계는
전혀 다른 시간의
터전을 내어준다.

00:18

나희덕, 『한 걸음씩 걸어서 거기 도착하려네』
(달, 2017)

하루에 한 번씩 밥을 주는 것은 내 몫이었다. 밥을 주지 않으면 형과 누나의 타박이 이어졌다. 평소 나에게 뭐라 하는 법이 없던 어머니도 그때만큼은 형과 누나 편을 들었다. 반려동물 얘기가 아니다. 거실에 걸려 있던 괘종시계 얘기다.

원래는 일주일에 한 번만 밥을 줘도 배고파하지 않던 시계였다. 그런데 그 시간이 5일, 3일로 줄어들더니 언젠가부터는 하루에 한 번이라도 밥을 안 주면 아예 움직이질 않았다. 이렇게 식탐이 많은 시계는 동작마저 굼떠서 늘 시간이 틀렸다. 아침에는 5분쯤, 저녁에는 10분 넘게 늦었다. 그래도 우리는 이 괘종시계가 가리키는 시간의 터전 안에서 용케 시간의 흐름을 감지했다.

이 괘종시계가 떠나갔다. 아니, 버려졌다. 단독주택에서 아파트로 이사 가면서 우리는 밥만 먹을 줄 알지 일은 제대로 못 하는 괘종시계를 용도 폐기했다. 그때는 몰랐다. 그런데 지금은 가끔 그리워진다. 세상보다 느린 속도로 걸으면서도 버젓이 시계 행세를 했던, 덩치만 컸지 미욱하고 게으르고 능청스럽던 그 괘종시계가 보고파진다.

시간은 많은 것을 끝나게 한다. 털이 많고 꿈틀대는 게 징그러워 보기도 싫었지만 이제는 볼 수 없는 그 송충이 끝, 할아버지들이 물을 너무 뜨겁게 틀어 가기 싫었지만 이제는 갈 수 없는 그 목욕탕 끝, 집에 오는 길에 나를 유혹해 꼭 들를 수밖에 없었던 그 만화대여점 끝, 바람이 서늘해지면 어디에나 흐드러지게 피어 마음을 싱숭생숭하게 했던 그 코스모스 끝. 끝끝끝.

어쩌면 이렇게 끝나는 것들은 우리 집 괘종시계가 가리키는 시간의 터전 안에서 함께 살았던 존재인지도. 더 시간이 흘러 이런 것들이 괘종시계처럼 떠나 버리기 전에, 더 만나고 더 누리는 시간을 가지려 한다. 우리 모두는 어떤 시간의 끝에서 살고 있다.

어느새 월드컵 시즌이
돌아왔다고 살짝
들뜨다가 어느새
또 네 살을 먹었구나
하는 서글픔에 젖는다.
그렇게 월드컵은
4년이 흘렀음을 알리는
알람시계 같다.

00:19

신윤동욱, 『스포츠 키드의 추억』
(개마고원, 2007)

2002년 월드컵, 한국 대 폴란드 경기를 남아프리카공화국에서 봤다. CF 촬영을 따라갔는데 그 중요한 경기를 놓칠 수 없어 호텔 앞 펍에서 일행과 함께 맥주를 마시며 봤다. '우리는 먼저 인간이고, 그다음에 국민이 되어야 한다'는 헨리 데이비드 소로의 말을 늘 새기고 있지만, 그날만큼은 어쩔 수 없었다. 응원하고 함성을 지르고 서로 부둥켜안으며 낯선 타지에서 마음껏 애국했다.

그리고 20년이 흘렀다. 많은 것이 변했다. 다섯 번의 월드컵이 더 열렸고, 2002년의 선수들은 해설자가 되었다. 그러나 나는 변한 데가 없는 듯하다. 평소에는 애국이라는 단어에 거부감을 느끼면서도 4년마다 광적으로 애국한다. 그리고 월드컵이 끝나면 여전히 허전해한다. 결과가 아쉬워서? 4년을 또 기다려야 해서? 그것만은 아닌 것 같다. 4년의 시간 동안 아무것도 한 게 없는 스스로가 자각되기 때문이다. 이렇게 월드컵은 한편으로 나를 들뜨게 하고 또 한편으로 나를 서글프게 한다.

그래서 나도 다음 월드컵을 준비해 보기로 했다. 동네 도서관 혹은 동네 카페에 전용 플레이그라운드를 만들 생각이며, 전문가들의 식견을 배워 내 것으로 만들 요량이다. 이를 통해 부족한 부분을 충분히 채워 갈 것이며, 내가 가장 잘할 수 있는 플레이를 극대화할 것이다. 또한 마음의 근육을 키우기 위해 산으로 바다로 전지훈련을 떠날 계획이다.

일단 목표는 8강으로 잡고 있다. 내 생애 가장 손꼽히는 8년 안에 드는 것이 가시적인 목표이다. 욕심을 더 내 4년, 아니 내 생애 최고의 해를 만들어 보겠다는 꿈도 내심 품고 있다. 자, 카운트다운은 시작됐다. 다음 월드컵이 열리는 때로 알람도 맞춰 뒀다. 어쩌면 결과가 안 좋을지도 모른다. 하지만 적어도 4년 동안 아무것도 한 게 없다고 자책하는 일은 없을 것이다.

변명 중에서도 가장
어리석고 못난 변명은
'시간이 없어서'이다.

에디슨

프리랜서는 늘 평가를 받는다. 그래서 성과물을 보여 줄 때마다 조마조마하다. 보통 멘탈로는 견디기 힘든 직업임에 틀림없다. 프리랜서가 해 온 일이 마뜩잖을 때 클라이언트는 종종 이렇게 말한다. "시간이 많이 부족했죠?" 그러면 프리랜서는 그냥 고개를 주억거리게 된다. 아무래도 '능력 부족'보다는 '시간 부족'이라는 말이 듣기 편하기 때문이다.

하지만 시간이 흐르면 더 큰 수치심이 밀려온다. 상대가 건네는 말 속에 조롱과 비아냥이 섞여 있음을 너무도 잘 알기 때문이다. 두 번 처참해지는 꼴이다. 그러니 언젠가부터 시간 탓을 하지 않기로 했다. 시간이 부족했냐고 물으면, 시간은 넉넉했는데 제대로 풀지 못했다고 시인한다. 실제로 시간이 부족했으면, 일을 불합리하게 준 것 같다고 반박한다.

제법 효과가 있다. 첫째, 나 스스로 두 번 상처받지 않는다. 한 번으로 끝난다. 둘째, 상대가 더 이상 비아냥대지 않는다. 팽팽한 관계가 형성된다. 그러나 가장 큰 효과는 일하는 자세부터 달라진다는 것. 그동안 일을 하다가 잘 안 풀리면 변명거리부터 찾곤 했다. 모자란 능력을 감추기 위해서다. 그중에서도 시간 부족은 가장 쉬운 핑곗거리였고, 그러다 보니 일의 성과물은 변명의 성과물로 덕지덕지 덧칠되기도 했다.

그러나 도망갈 구멍부터 찾지 않고 이런저런 탓을 하지 않으니 일에 온전히 집중하게 됐으며, 그렇게 나온 성과물에 더더욱 애정을 품게 됐다. 평가가 안 좋으면? 뭐 어쩔 것인가, 거기까지가 나의 한계인 것을. 시간이 없었다고 아무리 변명해도 평가가 올라가는 법은 없다. "실수에 대한 변명은 그 실수를 더욱 돋보이게 할 뿐이다"라는 셰익스피어의 말을 가슴에 담고 당당하게 최선을 다하는 것, 그것이 일하는 사람의 진짜 자세 아닐까.

속물들은 단 한 번의
창조적 순간이 수천 배의
시간을 들인 엄청난
작업량과 대등하다는
것을 이해하지 못한다.

00:21

헤르만 헤세, 『헤세가 사랑한 순간들』
(배수아 엮고 옮김, 을유문화사, 2015)

시간과 성과물이 비례하는 일이 있고 그렇지 않은 일이 있다. 내가 하는 일은 후자에 해당한다. 시간을 아무리 많이 투여해도 이렇다 할 성과물이 나오지 않기도 하고, 반대로 시간을 조금 투여했을 뿐인데도 의외의 성과물이 나오기도 한다. 그런데 따지고 보면 시간을 적게 들인 것이 아니라 이제까지 쌓아 온 보이지 않는 시간이 마침내 가시화된 것이라 할 수 있다.

무형의 가치를 성과물로 창조해야 하는 사람들은 모두 똑같을 것이다. 과제가 맡겨진 순간부터 성과물을 만들어 내고자 수없이 생각을 되풀이한다. 걸으며 생각하고, 술 마시다가 생각하고, 씻으며 생각하고, 옷 입다가 생각한다. 이 시간을 모두 합치면 꽤나 긴 시간이 될 터이다. 요컨대 성과물이란 시간을 뛰어넘어 갑자기 툭 튀어나오는 것이 아니다. 과일처럼 탐스럽게 잘 익어 간 시간이 때 맞춰 툭 떨어지는 것이다. 이러한 시간은 물리적으로 가늠할 수 없는, 저마다의 땀과 영혼이 밴 시간이다.

하지만 이런 사람들이 있다. 자신의 경험을 절대적으로 믿으며 주관적으로 시간의 잣대를 들이대는 사람들. 오로지 숫자로만 시간을 판단하는 사람들. 시간의 법칙은 누구에게나 똑같지만 시간의 규율은 누구에게나 똑같지 않다. 그런데 이 사람들은 창작자가 어떤 자신만의 규율로 단 한 번의 창조적 순간을 발견했는지를 이해하지 못한다. 창작자가 산책하면서 과제를 생각하는 시간을 이 사람들은 일하는 시간으로 치지 않는다.

그들과 일하려면 피곤하다. 성과물을 좀 일찍 건네면, 내용을 따지기 전에 시간 계산부터 하고 돈 계산부터 한다. 그들과 일할 때 쓰라고 메일에는 '예약 발송'이란 훌륭한 기능이 있는 것 같다. 예약 메일을 보내며 "시간 맞춰 끝내느라 정말 힘들었다"고 엄살을 떨어 주면 된다. 그러고 남는 시간에 실컷 산책하면 된다.

내일, 또 내일, 그리고
또 내일 기록되는
인생 최후의
순간을 향하여
시간은 매일 터벅터벅
발걸음을 새겨간다.

00:22

가와이 쇼이치로, 『셰익스피어의 말』
(박수현 옮김, 예문아카이브, 2022)

"잘 지내?"라는 말은 가장 흔한 인사법이다. 그 물음에 "잘 지내"라고 대답하는 것은 내일을 향해 시간을 잘 새기고 있다는 말과 한 통속일 것이다. 물리적인 시간이 됐든 심리적인 시간이 됐든, 찾아온 시간과 좋은 관계를 맺고 있다는 뜻일 게다.

우리는 매일같이 시간과 만나고 헤어지기를 반복한다. 그런데 내 삶의 태도가 느슨했을 때, 그 이별은 영 꺼림칙했다. 시간이 찾아와도 제대로 맞이하지 못하니 시간이 뒤도 돌아보지 않고 쑥쑥 빠져나갔다. 당시엔 그런 줄도 몰랐다. 누군가가 "잘 지내?"라고 물으면, "그냥, 그럭저럭"이라고 얼버무릴 따름이었다. 하지만 요즘은 "잘 지내"라고, 시간과 잘 만나다 헤어지고 있다고 자신 있게 말한다. 그 이유는 바로 두 집 살림에 있다.

나는 서울과 부산을 오가며 산다. 누군가는 이렇게 얘기한다. 왜 돈과 시간을 낭비하느냐고. 먼저 돈의 문제. 수도권의 집을 줄이면 충분히 가능하다. 오히려 남아돈다. 그러니 이 문제에 관해서는 이 정도로 끝. 다음은 시간의 문제. 익숙한 서울에서 벗어나 부산으로 오면 새로운 시간이 나를 찾아온다. 바다의 시간, 안개의 시간, 낯선 동네의 시간이 시도 때도 없이 나를 방문하고, 나는 기꺼이 환대한다. 이들과 우애를 나누는 시간은 이제까지 없던 새로운 경험으로 축적된다. 그러니까 시간을 낭비하는 게 아니라 오히려 시간을 새롭게 버는 셈이다.

무엇보다도 나를 찾아오는 가장 특별한 시간은 혼자만의 시간이다. 그동안 너무 부대끼고 살았다. 여기서 나는 그 누구의 간섭도 받지 않고 저 멀리 파도의 기별과 기척에게만 마음을 열어 놓는다. 약간의 쓸쓸함마저도 감미롭게 머물다가 과거로 떠난다. 이렇게 혼자만의 정화의 시간을 아주 자주 누리는 요즈음, 나는 무척 잘 지낸다.

귀하고 아름다운 것을
길러내는 일엔 언제나
긴 시간이 필요한 법이니까.

00:23

백수린, 『아주 오랜만에 행복하다는 느낌』
(창비, 2022)

나만의 취향은 아닐 것이다. 많은 여행객이 낯선 곳에 가면 오래된 공간부터 찾는다. 오래된 골목, 오래된 건물, 오래된 시장, 오래된 카페, 오래된 서점, 오래된 가게, 오래된 맛집. 그곳에서 하게 되는 경험은 대부분 실패가 없다. 귀하고 아름답다. 여기저기 켜켜이 쌓여 있는 깊은 시간이 온몸으로 스며든다. 그리고 그 깊이를 들여다보면 긴 세월 동안 그곳을 지탱해 온 하염없는 땀과 눈물이 보인다. 우리는 그 시간에 기꺼이 대가를 지불한다. 그러니까 그곳의 귀하고 아름다운 것들의 가격표에는 시간의 몫도 포함돼 있는 셈이다.

시간은 신뢰다. 무엇을 가늠하기 힘들 때, 시간의 지속성은 중요한 판단 기준이 된다. 사람과 사람 사이에서도 마찬가지다. 한 분야에서 전문성을 지속해 왔다고 하면 일단 믿음이 간다. 그 다음은 호흡의 문제다. 박찬욱 감독과 정서경 작가의 관계처럼 둘 다 능력이 출중하고 호흡도 출중하면 귀하고 아름다운 결과물이 쏟아진다. 하지만 호흡이 어긋나면 결과물도 어긋난다. 저절로 '헤어질 결심'을 부른다. 이런 경우 긴 시간 동안 쌓인 경륜은 간혹 아집으로 변질된다. "내가 이 바닥에서 굴러먹은 짬밥이 얼만데."

자기 분야에서 축적한 지식을 깊이로 쓰지 못하고 스펙으로만 쓰려는 사람을 우리는 꼰대라 부른다. 이럴 때는 쌓는 것보다 오히려 허무는 편이 더 낫다. 오랜 시간이라고 무조건 흠모의 대상이 될 수는 없다. 나만의 성을 쌓기까지는 정말 긴 시간이 소요됐지만, 무너지는 데 드는 시간은 눈 깜짝할 사이다.

세상을 이해할 줄 알고 세상과 교감할 줄 아는 오랜 시간, 그 '유연한 오래'만이 귀하고 아름답게 오래오래 지속된다.

"한 시간 전부터 잘못 쓴
한 문장을 고치느라 진을
빼고 있다네. 그런데도
점심을 먹는 내내
그 문장이 다시 잘못된
것 같다는 후회가 밀려와
나를 괴롭히니 말이야."

00:24

에밀 졸라, 『작품』
(권유현 옮김, 을유문화사, 2019)

주위에서 지적하는 내 성격의 가장 큰 결함. 모든 걸 대강대강 넘기려 한다는 것. 일도 인간관계도 대충 얼버무리려 한다는 것. 뭐, 인정. 나도 고쳐 보려 하지만 잘 고쳐지지 않는다. 주위에서 또 지적한다. 고치려는 태도도 대강대강이니 그 모양이라고.

그래서일까, 일을 할 때 결과물을 가져가면 때때로 의심의 눈초리가 느껴진다. 또 대강대강 해 온 거 아니야? 전혀 그렇지 않다. 나라고 왜 자존심이 없겠는가. 일의 결과물은 나의 또 다른 분신이다. 비록 15초밖에 되지 않는 광고 카피지만 모든 것을 쏟아 붓는다. 이리저리 따져 보며 수정하고 또 수정한다. 다만 결과물의 합의 과정에서는 나의 대강대강 성격이 가끔씩 튀어나오는지도 모르겠다. 누군가가 내 결과물에 이의를 제기하면 몇 번 반박하다가 대강대강 수긍해 버리니 말이다.

문학은 혼자만의 작업이지만 광고는 모두의 작업이다. 문학은 내 이름을 걸고 하는 작업이지만 광고는 모두의 이름을 걸고 하는 작업이다. 따라서 문학에서는 한 문장을 다듬느라 몇 시간씩 진을 빼고 후회하는 것이 무척이나 아름다워 보일 테지만, 광고에서는 모두의 시간을 허공으로 날려 버리는 무책임한 행위다. 비단 광고뿐만이 아니다. 협업을 통해 성과를 내야 하는 일에서는 '모두의 시간'을 생각해야 한다. 아무리 내 생각이 옳다여겨도 뒤로 조금 물러날 줄 아는 아량이 필요하다. 시간을 수없이 쓰고도 처음 것을 뛰어넘는 결과물이 나오지 않아 결국은 원래대로 돌아오는 일, 수없이 경험해 보지 않았는가.

자, 이제 내가 왜 결과물에 대해 대강대강 수긍했는지 수긍할 수 있을 것이다. 그런데 솔직히 고백하자면, 대강대강 일을 빨리 끝내고 내 시간을 벌어 보자는 좀팽이 같은 속셈도 아주 없었다고는 할 수 없다.

책 읽기는 낮이든 밤이든
어느 시간에든 즐길 수
있는 유일한 예술이다.

00:25

홀브룩 잭슨, 「애서가는 어떻게 시간을 정복하는가」, 『천천히, 스미는』
(봄날의책, 2016)

책읽기는 시공을 뛰어넘는다. 언제 어디서든 의지만 있다면 마음껏 즐길 수 있다.

출퇴근길이 멀면 삶의 질이 떨어진다고 한다. 마지막 직장 생활을 할 때 내가 그랬다. 무려 두세 시간을 길에서 소비해야 했다. 나는 대하소설로 '소비의 시간'을 '소득의 시간'으로 바꿨다. 좌석버스 구석에서 대하소설 보는 재미에 흠뻑 빠지니 오히려 출퇴근 시간이 더 길었으면 싶을 정도였다. 무협소설과 만화에도 입문했다. 누가 이 장르를 가볍게 여길쏘냐. 이들에게서 생의 신공과 비급을 넉넉히 얻었다.

지하철에서 모두 스마트폰에 코를 박고 있다. 이 풍경에서 나 혼자 책을 꺼내면 너무 나대는 것 같다. 하여, 나도 폰. 요즘 지자체마다 이런 상황에서 책을 보라고 전자도서관을 열어 놓았다. 나는 주로 고전을 빌려 읽는다. 누구나 한 번쯤 읽어 봤던 책, 그러나 의무감으로 읽어 모조리 까먹은 책. 지금 스마트폰에 코를 박고 다시 보니 왜 그때는 이해가 안 됐는지 이해가 안 된다.

토요일이나 일요일 아침, 평일에는 그렇게 붐비던 오피스타운의 카페가 그렇게 한가할 수가 없다. 그곳까지 천천히 걸어가 책을 펼치면 몸도 운동이 되고 정신도 운동이 된다. 바흐의 「커피 칸타타」가 흘러나온다. 아메리카노를 홀짝이며 새로 산 신간의 첫 페이지를 드디어 여는 순간, 이 시대 생각의 흐름과 마주하는 그 순간은 늘 두근두근 황홀하다. 그야말로 휴일의 아침이 예술이 되는 순간이다.

"미래가 무한하다고 책 읽기를 미루다가 결국 시간에 패배하고 마는 것만큼 흔한 일이 있을까?" 1900년대 초중반 영국에서 언론인 겸 작가로 활동한, 하지만 그보다 애서가로 더 유명한 홀브룩 잭슨이 백 년의 시간을 건너 이 시대에 건네는 경구다.

술꾼에게 시간이
대수랴. 술꾼은 시간을
뛰어넘은 자,
아니 어쩌면 어느 시간에
못 박혀 끊임없이
그 시간으로 회귀하는
자일지도 모른다.

00:26

정지아, 『아버지의 해방일지』
(창비, 2022)

후회가 짙은 파도처럼 밀려왔다. 왜 이런 일을 저질렀을까. 서울에서 그냥 살던 대로 살걸. 베란다 바로 건너 바다 풍경에 매료돼 '세컨드 하우스'라는 큼지막한 일을 저질렀는데, 내가 그렸던 낭만의 시간은 처음부터 산산조각 났다. 첫날부터 들려온 옆집 아저씨의 술주정 때문이었다.

밤이건 새벽이건 시간을 가리지 않았다. 중얼중얼거리는 소리가 예고 없이 방음이 부실한 벽을 타고 나의 시간 속으로 불쑥 끼어들었다. 이웃들에게 주워들은 얘기로는, 평소 얌전하던 아저씨는 술만 마시면 저렇게 귀신과 대화하듯 혼잣말을 한다는 거다. 도저히 적응이 되지 않았다. 소음을 넘어 괴이하기까지 했다. 잠을 설치기 일쑤였다. 이 난관을 어찌할 것인가?

궁리 끝에 아저씨의 혼잣말 속으로 틈입해 보기로 했다. 머리를 싸매고 있으니 그 속으로 들어가면 뭔가 흥미 있는 사연이 있을지도 모르는 일 아닌가. 그런데 술기운에 어투가 흐릿한 데다 사투리 억양도 강해 무슨 말인지 알아들을 수가 없었다. 하지만 느낄 수는 있었다. 그 혼잣말은 응축된 안의 분노를 밖으로 꺼내는 말이고, 깊은 회한과 자조가 배인 체념의 말이라는 것을.

'무슨 분노와 회한의 시간에 못 박혀 있기에 오늘 밤도 그 시간으로 회귀하셨나요. 자, 술 한 잔으로 다 털어 버리세요.'

혹시 나의 속엣말을 들은 것일까? 아저씨의 혼잣말이 거짓말처럼 멈췄다. 그날 밤 아저씨의 혼잣말이 계속됐는지 아닌지는 잘 모르겠다. 나도 어느새 잠들어 버렸으니까. 요즘도 아저씨는 가끔씩 혼잣말을 한다. 그 소리가 거슬리다가도 며칠 안 들리면 궁금해진다. 그러다 들리면 그 혼잣말과 대화를 나누다가 까무룩 잠이 든다.

고통이 24시간 내내
똑같은 강도로 지속되는
것은 아니다. 고통과
고통 사이에 조금은 덜
아픈 시간이 분명 있다.

00:27

김혜남, 『만일 내가 인생을 다시 산다면』
(메이븐, 2022)

너무 고통스러우면 아무것도 할 수 없다. 몸이 아파도 그렇고 마음이 아파도 그렇다. 그런데 고통이 끝없이 지속되는 것은 아니다. 아픔과 아픔 사이에 통증이 한풀 꺾여 잦아드는 그런 순간이 분명 있다. 무섭고 숨 막히는 무지막지한 태풍에 시달리다가 태풍의 눈 속으로 들어가 희미하게나마 안도의 숨을 내쉬는 시간.

그 시간을 놓치지 말아야 한다. 몸뚱이에서 빠져나간 삶과 영혼을 다시 불러들여야 한다. 창문을 열어 집 안도 내 몸과 마음도 환기시키고, 집 안에 쌓인 먼지도 내 안에 쌓인 먼지도 털어내며 잃어버린 일상성을 회복해야 한다. 평범함, 아무 일 없음. 반복되는 일상의 지루한 시간이 얼마나 소중한 것인지는 아픔을 겪은 자들만이 알 수 있다.

물론 통증이라는 존재는 만만치 않다. 쉽게 물러서지 않는다. 질기다. 잊을 만하면 다시 찾아와 시비를 건다. 그러나 극심한 통증의 틈을 비집고 덜 아픈 시간이 다가오리란 믿음을 버려서는 안 된다. 끝없는 악몽에 시달리는 환자에게도 끝없이 얻어터지는 권투선수에게도 쉬는 시간은 반드시 찾아온다. 단지 한 숨 돌리는 시간이 아니라 나를 다시 추어올리게 하는 시간, 그래서 더욱 소중한 이 시간이 오고 있다는 희망의 끈을 놓지 않는다면, 결국 통증의 시간도 제풀에 지쳐 떠나 버리고 말 테지.

파킨슨병을 앓고 있음에도 세상에 낙관과 용기를 전하고 있는 정신분석 전문의 김혜남은 "언젠가 힘든 시간들이 지나가고 좋은 시절이 찾아온다고 생각하면 오늘 하루를 다르게 보낼 수 있다"고 말한다. 어쩌면 너무나 익숙한 말, 그러나 우리가 놓치고 있는 말이다. 비록 오늘이 아프더라도 굴복하지 않고 꿋꿋이 버텨 낸다면, 내일은 앓아누웠다가 일어난 사람만이 경험할 수 있는 개운한 아침이 환한 얼굴로 찾아와 기다릴 것이다.

"내가 보기에 자네는
관심 받는 사람이 되기
위해 많은 시간을 쓰는
것 같군. 그보다는
관심 갖는 사람이
되는 데 시간을 더
투자하지 그러나?"

00:28

짐 콜린스, 『비영리 분야를 위한 좋은 조직을 넘어 위대한 조직으로』
(강주헌 옮김, 김영사, 2015)

미국의 저명한 경영 컨설턴트 짐 콜린스. 스탠퍼드 경영대학원 교수로 임용된 그는 평소 존경하던 같은 대학 교수 존 가드너를 찾아간다. 그리고 이렇게 묻는다. "어떻게 하면 더 좋은 선생이 될 수 있을까요?" 그에 대한 존 가드너의 답이 바로 왼쪽 인용문이다. 짐 콜린스는 이 따끔한 충고로 자신의 삶이 완전히 뒤바뀌었다고 고백한다.

정도의 차이는 있겠지만 누구나 '관심병'을 갖고 있다. 스스로를 드러내고 타인으로부터 관심 받고자 하는 욕구는 아주 자연스러운 병이다. 하지만 노력과 시간에 대한 투자 없이 관심 받기만 원한다면, 그건 진짜 병일 따름이다.

무대에서 관심을 받는 피트니스 선수들을 보면 부러움을 넘어 존경심마저 품게 된다. 보기 좋게 단련된 근육은 부러움의 대상이다. 그러나 그 부러운 근육을 만들기 위해 그들이 쏟았을 시간은 존경심의 대상이 된다. 근육을 만들고 식단을 엄선하는 일에 쏟았을 끝없는 관심, 그리고 온갖 유혹을 떨쳐 내고 그 관심을 실천했을 매일매일의 시간을 상상해 보면 경외감이 절로 솟는다.

이들뿐만이 아니다. 경지에 오른 배우는 사람들의 표정, 심리, 행동 등등에 남다른 관심을 갖고 자기 것으로 만드는 시간을 가졌기에 그런 연기를 해낼 터이다. 경지에 오른 화가는 세상의 밝음과 어둠, 온갖 군상에 남다른 관심을 갖고 자기 것으로 만드는 시간을 가졌기에 그런 그림을 그릴 터이다.

남이 미처 보지 못하고 손대지 못한 데에 관심을 갖고 시간을 쏟는 것. 우리는 그것을 통찰력 또는 인사이트라 부른다. 내 위주로 좁게 생각하지 말고 이웃, 세상살이, 잊고 있던 가치를 폭넓게 통찰할 때, 비로소 세상은 진지한 눈으로 나에게 관심을 보이기 시작할 것이다.

이제 '시간'을
잘 고르는 사람이
되고 싶다. 오늘 먹을
점심 메뉴를 고르고,
커피 종류를 고르고,
내게 어울리는 옷을
고르는 것처럼 내가 보낼
시간도 잘 고르는 사람이.

00:29

김신지, 『평일도 인생이니까』
(RHK, 2020)

프리랜서를 직업으로 삼으면 가장 좋은 점. 시간을 마음대로 고를 수 있다. 일하는 시간도 쉬는 시간도 운동하는 시간도 책 보는 시간도, 100퍼센트는 아니라도 마음 내키는 대로 선택할 수 있다.

새벽녘에 잠이 깨는 일이 종종 있다. 회사에 다닐 때는 정말 곤혹스러웠다. 더 자야지, 그래야 제시간에 일어나고 제시간에 출근하고 제대로 일할 수 있지. 그런데 다들 겪어 봤겠지만 그런 마음이 강할수록 잠은 자꾸만 더 멀리 달아난다. 프리랜서인 지금은 별 고민 없이 일어나면 된다. 천주교 신자는 아니지만 새벽 시간에 참 잘 어울리는 '그레고리안 성가'를 틀어 놓고 할 일을 한다. 그러다 머리가 멍해지면 침대 속으로 되돌아오면 그뿐이다.

그렇다고 마냥 긍정적인 면만 있는 것은 아니다. 아무런 간섭이 없다 보니 고르지 말아야 할 시간을 고르는 일이 허다하다. 드라마를 딱 2회만 보기로 마음먹었는데 밤을 꼴딱 새워 끝까지 보는가 하면, 끊었던 게임을 다시 시작해 하루를 그냥 날려 버리는 날도 심심치 않게 있다. 일을 시작하기 전에 유튜브나 뉴스로 잠깐만 예열하려 했는데 몇 시간이 훌쩍 지나가 있어 자책하는 일도 며칠에 한 번씩이다.

그럼에도 나는 프리랜서를 선택하길 정말 잘했다고 여긴다. 뭐니 뭐니 해도 사람과의 시간도 내 뜻대로 고를 수 있으니 말이다. 우리는 타인과의 관계에 너무 많은 시간을 허비한다. 시간만 소모한다면 그나마 낫겠지만 감정까지 소모해야 하니 죽을 맛이다. 그런 감정싸움에서는 이겨도 져도 찜찜하기는 마찬가지다.

다치지 않는 나를 위해, 아프지 않은 나를 위해 남과의 시간을 이기적으로 고르는 일, 결코 이기적인 행위라 할 수 없을 것이다. 타인과의 관계도 중요하지만 정말 중요한 것은 나 자신과의 관계이기에.

사람들이 들어오기
시작하면 슬슬 뒤로
물러나라. 이제 문을
나오면 그만이다.
20분이면 충분하다.
집으로 돌아와
『동물의 세계』를 볼
시간은 아직도 충분하다.

00:30

로저 로젠블랫,『유쾌하게 나이 드는 법 58』
(나무생각, 2021)

가기도 뭐하지만 안 가기도 뭐한 모임이 있다. 그 모임이 딱 그러했다. 이름하여 '동창회 신문 편집회의.'

졸업한 대학 동창회 신문의 편집위원을 맡은 적이 있다. 대학 시절 그곳에서 아르바이트를 한 인연으로 얼떨결에 이름을 올리게 된 자리다. 회의라기보다 친목모임 성격이 더 강했다. 참석한 사람끼리 명함을 주고받고 서로 아는 이름을 대며 열심히 연결고리를 찾았다. 나는 프리랜서라 줄 명함도 없었고 인간관계 폭이 좁아 댈 이름도 없었다. 그러다 보니 그 자리가 불편했지만 혹시라도 짭짤한 일이 얻어걸릴지 모른다는 얄팍한 기대감에 모임에 참석하곤 했다.

『유쾌하게 나이 드는 법 58』은 이런 모임에서 쉽게 목적을 이루는 방법을 가르쳐 준다. 일단 모임에 최대한 빨리 가서 눈도장을 찍어 존재를 알리고, 사람들이 몰려오면 뒤로 슬그머니 빠져나오라. 그러고 집에 가서 『동물의 세계』를 보면 된다는 것이다. 하지만 그날은 이 작전을 수행하지 못했다. 신임 편집위원장이 취임하는 자리였고, 무엇보다 고급스러운 음식이 나를 유혹했다. 술도 와인이었다. '얼른 먹고 마시고 튀어야지.'

그런데 미친! 먹던 걸 뿜을 뻔했다. 위원장이 내 쪽을 가리키더니 그쪽부터 자기소개 시간을 가져 보자는 게 아닌가. 남들 앞에 나서는 걸 두려워해 초등학교 때부터 이런 시간을 얼마나 싫어했던가. 게다가 이 나이에 자기소개는 무슨, 자기과시일 뿐이지. 나는 어쩔 수 없이 그날 되도 않는 자기과시를 했다. 뭐라 했는지 기억도 잘 안 나지만 분명한 사실은 깊은 자괴감이 함께 몰려들었다는 것. 그래서 집에 돌아오면서 '유쾌하게 나이 드는 법' 한 가지를 내 멋대로 추가해 보았다. "추접하게 먹는 것에 흔들리지 말고 치고 빠질 때를 정확히 간파하라. 인생은 타이밍이다."

물고기 비늘에 바다가
스미는 것처럼 인간의
몸에는 자신이
살아가는 사회의
시간이 새겨집니다.

00:31

김승섭, 『아픔이 길이 되려면』
(동아시아, 2017)

내 몸에 내가 살아가는 사회의 시간이 함께 새겨진다는 사실은 한편으로는 지극히 당연한 듯싶으면서도 다른 한편으로는 굉장히 무섭게 느껴진다. 내가 속한 사회의 시간에 따라 내 몸이 전혀 다른 방향으로 변할 수 있다는 뜻이기 때문이다.

일본 법의학자 니시오 하지메는 『죽음의 격차』에서 주검이 돼 차갑게 식은 몸에도 그 사람이 인연을 맺어 온 사회의 시간이 남겨진다고 말한다. 가령 이런 것이다. 고독사로 추정되는 한 주검을 부검해 보니 붉어야 할 간이 흐릿한 노란색으로 변해 있었다. 그것은 인스턴트 음식으로 삶을 버텨 온 그 사람의 외롭고 고단한 생을 증명하는 동시에 그 외로움을 달래 주지 못하고 방조한 이 사회의 직무 유기를 증명하는 것이기도 하다.

이 대목에서 궁금해진다. 내 몸에는 어떤 사회의 시간이 스며들어 있을까? 그 시간은 내 몸을 어떻게 바꿔 갈까?

내가 내 몸에 스며들 사회의 시간을 선택할 수는 없다. 그러나 내가 다른 사람의 몸에 스며들 사회의 시간을 선택할 수는 있다. 내가 이 사회의 아픔을 외면하지 않는다면, 그 시선은 보잘것없을 수도 있겠지만 누군가의 몸속으로 봄바람처럼 불어 갈 것이다. 그리고 그 바람은 누군가의 외로운 간을 붉은색으로 돌려놓고 싶어 안간힘을 쓸 것이다. 이 작은 움직임이 커지면 선한 사회의 시간이 되는 것이겠다. 또한 그 선한 사회의 시간은 나의 몸으로도 스며들 것이다.

그러니까 이 사회의 아픔을 공유한다는 것은 결국 나를 위한 시간인 셈이다. 존경할 수밖에 없는 보건학 연구자 김승섭 교수는 이 사회의 아픔을 함께해 건강한 길을 만들어야 하는 당위성을 이렇게 얘기한다. "건강해야 공부할 수 있고 투표할 수 있고 일할 수 있고 사랑할 수 있으니까요."

다들 알다시피 오랜
시간과 열정을 바쳤던
일에 의문을 품기란
무척 어렵습니다.

00:32

비욘 나티고 린데블란드, 『내가 틀릴 수도 있습니다』
(박미경 옮김, 다산초당, 2022)

틀렸다는 걸 알면서도 멈추지 못하는 일이 있다. 저녁 약속 전에 자주 찾는 카페에서 『시간의 말들』 원고를 쓰려 했다. 이미 구상한 내용이 있어 한 꼭지쯤은 충분히 쓸 수 있겠지 싶었다. 그런데 속도가 영 나지 않았다. 시간을 온통 게워 내며 간신히 양을 채워 갔지만 내용이 영 아니었다.

구상 자체가 틀렸던 것 같다. 그러니 처음부터 꼬이기 시작했다. 커피 한 잔을 다 비울 때까지 한 문장도 제대로 쓰지 못했고, 간신히 첫 문장을 완성한 뒤에도 계속 버벅거렸다. 그런데 그만둘 수가 없었다. 처음으로 되돌아가자니 그동안 쏟은 시간과 굴린 생각이 너무 아까웠다. 어떻게 되겠지 하면서 고치고 또 고쳐 보았지만 그럴수록 글은 산으로 줄달음쳤다. 한번 잘못 든 길은 결코 되돌릴 수 없었다. 결국 몇 시간의 작업을 허무하게 딜리트하고 너덜너덜해진 채 약속 장소로 향해야 했다.

고작 몇 시간 애쓴 일도 버리기가 이토록 어려운데, 오랜 시간과 열정을 쏟은 일은 더더욱 그렇겠지. 우리 동네 토스트 가게 젊은 사장님도 그랬던 걸까? 문을 연 지 며칠이 지나도, 몇 달이, 일 년이 지나도 손님이 뜸했다. 사장님은 늘 우두커니 문밖만 바라보았다. 어느 날 가게 문에 '그동안 감사했다'는 메모지가 붙어 있었다. 결국 그렇게 사장님은 토스트 가게의 시간을 마감했다.

"애초부터 안되는 거였어. 근처에 비슷한 가게가 한둘이 아니잖아." 사장님은 언제부터 이 길이 틀렸다고 느꼈을까? 지나가는 사람의 말처럼 애초부터였을까? 틀렸음을 인지했음에도 멈추지 못한 젊은 사장님의 시간을 떠올리면 가슴이 먹먹해진다.

'하지만 사장님, 너무 낙담 마세요. 오늘의 시간을 보상받는 날이 언젠가 꼭 올 테니까요.' 문 닫힌 가게 앞을 지나며 젊은 사장님에게 작은 응원 메시지를 건네 보았다.

나는 나의 과거를
되씹어야 할 하등의
이유가 없다. 나의
현재는 과거의 회상을
위하여 존재하는 것이
아니라 시시각각
미래의 창조를 위해
존재할 뿐인 것이다.

00:33

김용옥, 『슬픈 쥐의 윤회』
(통나무, 2019)

추억을 돌아보는 시간은 어느 정도가 좋을까? 철학가 도올 선생이 쓴 『슬픈 쥐의 윤회』에 나오는 에피소드를 보면, 선생은 30년 만에 찾아온 친구와의 추억을 저녁 한 끼의 시간으로 마무리한다. 과거를 되씹으며 쓸잘머리 없는 농담이나 할 시간은 없다며, 자신의 현재는 미래의 창조를 위해 존재할 뿐이라 선언한다.

선생과 나를 비교한다는 건 가당치도 않겠지만, 내가 만약 그 입장이었다면 술 한 잔은 했을 것이다(술을 워낙 좋아하니까, 술이 한 잔 들어가야 30년이란 시간의 어색함을 풀 수 있으니까). 그리고 그 만남이 좋았건 나빴건 간에 언제 한번 또 보자고 했을 것이다(그것이 우유부단한 나의 평소 인사법이니까).

사실 이와 비슷한 만남이 지금까지 지속되고 있다. 몇 년 전 소식이 끊겼던 친구에게 연락이 왔다. 너무 오랜만에 만나 지나온 시간에 대해 할 얘기가 많았다. 그런데 그 얘기가 끝나자 할 얘기가 없어졌다. 서로 너무 다르게 살고 있으니까. 예의 내 인사법대로 언제 한번 또 보자 했는데(내 생각은 일 년에 한 번 정도였는데, 친구의 생각은 한 달에 한 번 정도였던 것 같다), 그 뒤로 수시로 만나자는 연락이 온다.

하는 일도 정치적 견해도 취향도 너무 다른 우리가 할 수 있는 얘기란 과거밖에 없다. 지친다. 그것도 한두 번이지 똑같은 얘기를 반복하다 보면 진이 다 빠진다. 현재가 자신 없고 현재가 불행할 때 과거에 집착한다는데, 내가 꼭 그 꼴이지 싶다. 도올 선생의 책을 처음 읽었을 때는 30년 만의 만남에 저녁 한 끼가 너무 매몰차다고 생각했는데, 지금은 충분히 공감이 간다.

추억은 그저 휙 돌아보는 정도의 시간이 딱 좋은 것 같다. 자꾸 과거의 메두사를 응시하다 보면 현재도 미래도 딱딱한 돌로 굳어 버릴지 모를 일이다.

눈물에 젖어 있던
너의 그 눈, 몇시야?
약간 떨리는 목소리로
네가 물었고 그걸 듣자
내 입에서는 뜻밖에
의젓한 농담이
튀어나왔지. 행복한
사람은 시계를
보지 않아,라고.

00:34

은희경, 『행복한 사람은 시계를 보지 않는다』
(창비, 1999)

"지금 몇 시야?" 사랑하는 사람과 함께 있을 때, 이 말을 들으면 마음이 무너져 내린다. 사랑하는 이가 나와 보내는 시간을 지루해하고 있다는 뜻을 은근히 비친 셈이니까. 사랑하는데 어떻게 시간이 궁금하니? 집중하고 있다면 시계를 보지 않는다. 시간을 잃어버린다. 카지노에는 시계가 없다. 시계가 필요 없다. 모두가 숫자의 놀이에 잔뜩 빠져 있으니까.

어떤 자리를 빨리 벗어나고 싶을 때, 이러한 심리를 역으로 이용하면 성공률이 꽤나 높다. 회의나 술자리가 쓸데없이 길어질 때, 슬쩍 시계를 보며 우리 모두가 지루한 얘기에 빠져 있다는 시그널을 보낸다. 눈치 빠른 사람은 상황을 간파하고 서둘러 자리를 마무리 지으려 한다. 그런데 눈치 없는 사람은 아무리 시그널을 보내도 알아차리지 못한다. 견디다 못해 "지금 몇 시지?"라고 물으면, "지하철 끊기려면 아직 멀었어"라는 기대에 어긋나는 답이 돌아온다. 뭐 자포자기다. 그래, 억지로라도 행복해지자. 행복한 사람은 시계를 보지 않는다.

반대로 이런 유형도 있다. 함께하는 자리를 대놓고 무시하는 사람. 한창 얘기가 무르익는데 핸드폰만 들여다보고 있다. 그럴 거면 이 자리에 왜 나왔니? 한술 더 뜬다. 핸드폰에만 집중하다 관심 있는 얘기가 나오면 "방금 뭐라 했지?" 하면서 다시 듣기를 원한다. 이런 사람에게 리플레이는 절대 금지. 하지만 어느 누군가가 맘씨 좋게 다시 들려준다. 그 사람, 듣는 데 그치지 않는다. 댓말을 단다. 또 누군가가 그 댓말에 댓말을 단다. 와우, 얘기가 옆길로 샌다. 길어질 대로 길어진다. 집에를 안 보내 준다. 이런 상황을 몰고 온 그 얼굴에 한 방 먹여 주고 싶다. 차마 그럴 순 없으니 이런 교훈이라도 날려 주자. "매너 있는 사람은, 얘기를 나눌 때 절대 핸드폰을 보지 않아."

프로 테니스에서 사건이
벌어지는 시간은
의식적인 행동을
하기에 너무 짧다.

00:35

데이비드 포스터 월리스, 『재밌다고들 하지만 나는 두 번 다시 하지 않을 일』
(김명남 옮김, 바다, 2018)

아무리 시간을 쏟아도 안 되는 영역이 있다. 나에게는 즉흥의 영역이 그렇다. 예기치 않은 상황이 벌어지면 늘 허둥댄다. 도무지 갈피를 잡을 수 없다. 해결책은 저질러진 일이 다 마무리되고 나서야 야속하게 떠오른다. 그때 왜 이렇게 말하지 못했을까, 그때 왜 이렇게 행동하지 못했을까 하고 머리를 퉁퉁 치며 둔한 반사 신경을 탓한다. 그래서 어떤 일이 벌어졌을 때 한 치의 고민도 없이 즉각적으로 반응하는 사람들을 보면 정말 부럽기 짝이 없다.

테니스 코트에도 즉흥의 영역이 존재한다. 특급 테니스 선수가 내리꽂는 서브 속도는 시속 250킬로미터를 넘어선다. 의식적인 행동을 하고 대처하기엔 그 속도가 너무 빠르다. 그저 감각에 의존하는 수밖에 없다. 그런데 그걸 또 상대 선수는 능숙하게 받아 낸다. 배드민턴은 더하다. 스매싱을 할 때 셔틀콕의 최고 속도는 무려 490킬로미터에 이른다고. 탁구 역시 마찬가지. 시간을 초월한 감각과 감각의 즉흥적인 랠리가 숨 막힐 정도로 아름답고 화려하게 펼쳐진다. 이 놀라운 반사 신경이란.

그런데 불현듯 궁금해진다. 시간을 초월한 즉흥의 경지에 이르기까지 그들이 쏟아야 했던 시간의 양은 도대체 얼마일까? 평범한 사람으로서는 가늠할 수 없을 정도일 것이다. 스포츠뿐만 아니라 모든 분야에서 일가를 이룬 이들이 도달하는 경지는 타고난 재능에 상상을 뛰어넘는 노력의 시간을 더해야만 들어설 수 있는 휘황한 세계이리라. 그들이 결과물을 빚어내는 즉흥의 시간, 남들 눈에는 찰나의 순간일 뿐이지만 경지에 이른 이들에게는 충분히 통찰하고 창조할 수 있는 무한의 시간일지도 모른다.

그럼에도 이 천재들에게 풀리지 않는 궁금증이 있다. 쇼팽과 슈베르트는 정말 그랬을까? 정말 이 위대한 즉흥곡을 즉흥적으로 만들었을까? 정말일까? 정말일까?

"이곳은 그래 봐야
상식이 통하는 것도
한 줌의 시간뿐인 곳이야."
"그럼 소중히 할 거야.
그 한 줌의 시간을."

00:36

영화 『에브리씽 에브리웨어 올 앳 원스』
(다니엘 콴·다니엘 쉐이너트 감독, 2023)

멀티버스에서는 무엇이든 할 수 있고, 어디든지 갈 수 있다. 딸이 묻는다. 이곳은 못난 딸만 있고 상식이 통하는 건 한 줌의 시간뿐인데 왜 다른 우주로 가지 않아? 엄마가 답한다. 한 줌뿐이라서 더 소중한 시간을 가장 소중한 사람과 같이 보내고 싶어.

영화에서 가장 감동적인 모녀의 화해 장면을 조금 살을 붙여 재현해 보았다. 그리고 자문해 본다. 무엇이든 할 수 있는 다른 우주로 갈 수 있는 기회가 생긴다면 이곳을 떠날 것인가?

떠나야겠다. 겉모습은 번지르르하지만 겨드랑이 틈에서 사는 것처럼 눅눅하고 습해야 하는 이곳. 웃음으로 넘쳐나는 것 같지만 눈꺼풀 속에 사는 것처럼 글썽이고 먹먹해야 하는 이곳. 더 많은 것을 가지려면 변호사 비용 따위는 아끼지 말아야 한다고 공공연히 드라마에서 말하는 이곳. 더럽고 치사해서 떠나야겠다.

그런데 막상 떠나려고 마음먹으니 갖가지 생각이 떠오른다. 아침 아메리카노의 아름다운 '쓴맛'과 저녁 소주의 황홀한 '쓴맛'이 저 우주에도 있을까? 산책하며 들었던 리스트의 「위로」와 집에 와서 들었던 브람스의 「눈물」이 저 우주에도 있을까? 마음껏 상상하게 해 줬던 진융의 '무협'과 마음껏 들뜨게 해 줬던 챈들러의 '추리'가 저 우주에도 있을까? 『에브리씽 에브리웨어 올 앳 원스』 같은 영화를 또 볼 수 있을까?

온갖 상념에 발길이 안 떨어진다. 무엇보다 나 역시 영화 속 주인공들처럼 서로 조금씩은 부족해도 결코 떨어질 수 없는 가족이 있다. 아, 신파. 내가 써 놓고도 손발이 오그라든다. 하지만 지울 생각은 없다. 이게 진심이니까. 그리고 멀티버스는 무슨 멀티버스. 어떻게 다른 우주로 갈 수 있겠는가. 상식이 통하는 건 한 줌의 반도 안 되는 이곳의 시간이지만, 버티고 살아가는 것이 최선이겠다.

남는 시간이 뭔지
잘 모르겠다. 내 시간은
전부 할 일로 바쁘기
때문이다. 내 시간은
삶에 점령되어 있다.

00:37

어슐러 르 귄, 『남겨둘 시간이 없답니다』
(진서희 옮김, 황금가지, 2019)

무슨 기준인지 모르겠다. 그런데 보통 이렇게들 얘기한다. 세계 3대 판타지는 『반지의 제왕』, 『나니아 연대기』 그리고 『어스시 연대기』라고. 『어스시 연대기』의 작가는 어슐러 르 귄. 89년을 살면서 어스시 시리즈를 비롯하여 20편 이상의 장편소설과 100여 편의 중단편을 썼을 뿐 아니라 수많은 번역서와 문학비평서까지 냈다. 그뿐인가, 사회 활동도 적극적으로 했다고 하니 평생 시간을 쪼개고 쪼개며 살았을 것이다.

그런 그에게 모교 하버드대학에서 설문지를 보낸다. 그런데 그중 한 가지 질문이 르 귄을 빡치게 한다. "당신이 오롯이 여가 시간, 자유 시간만을 가지게 될 때, 그 시간을 어떻게 할 것인가?"

르 귄이 빡친 정확한 이유는 이 질문 때문이 아니다. 이런 질문을 하는 주체의 편견 때문이다. 오롯한 여가 시간과 자유 시간의 의미는 무엇인가. 세상이 정해 놓은 시간 안에서 살아가고 공부하고 일을 하다가 잠시 멈출 때 생겨나는 시간을 의미하는 것 아닌가. 왜 시간 안에 사람을 가두려 하는가. 하루 종일 시간을 마음대로 갖고 노는 사람도 얼마나 많은데. 이게 세계 최고의 명문 대학이라는 곳에서 할 질문인가?

여가의 사전적 의미는 '일이 없어 남는 시간'이다. 그런데 르 귄의 입장에 동의한다면 이 설명은 틀린 것이다. 빈둥빈둥 놀고 있어도 멀뚱멀뚱 공상하고 있어도 일이 없어 남는 시간이 아니라 모두 바쁜 시간이다. 저마다의 의미로 가득 채워져 있는 소중한 시간이다. 단 목적성을 갖고 있다면.

내 인생을 바꿀 중요한 생각은 이럴 때 불쑥 솟아오르곤 한다. 혹시 아나, 막연한 공상에 잔뜩 빠져 있다가 르 귄에 버금가는 판타지 아이디어가 갑자기 툭 튀어나올지. 인생 모르는 일이다.

우리가 기억하는 인생의
순간은 깜짝 놀랄 만한
명장면이 아니라,
소박한 시간이 많다.

00:38

권미선,『아주, 조금 울었다』
(허밍버드, 2017)

영화에는 '결정적인 것을 사소하게 보이도록 하라'는 규칙이 있다. 가령 초반부에 주인공이 서랍에 뭔가 넣는 장면을 아무 이유 없이 보여 준다. 관객들은 의아해하면서도 그 순간을 기억한다. 클라이맥스에 이르면, 주인공을 역경에서 구해 줄 결정적 단서가 바로 그 서랍에서 나온다. 그러면 관객들은 초반부 장면이 왜 나왔는지 깨닫고, 그 사소한 순간을 놓치지 않아서 뿌듯해진다.

그렇다, 결정적인 것은 사소함 속에서 더욱 빛난다. 때때로 앨범을 뒤져 본다. 그러면 두 종류의 사진이 나온다. 무슨무슨 날이나 자리를 기념하는 사진과 그저 일상 속에서 무심코 찍은 사진. 곰곰이 돌이켜 본다. 저 생일날 행복했었나? 저 회식 자리가 재미있었나? 잘 모르겠다. 그런데 사소한 일상 속에서 찍은 사진은 즐거웠던 기억을 어렴풋하게 소환한다. 즐거웠기 때문에 그 시간을 놓치기 싫어 사진에 담아 둔 거니까. 롤랑 바르트는 『밝은 방』에서 "투명한 영혼에 밝은 그림자를 부여할 줄 모른다면, 사진의 인물은 영원히 죽는다"라고 말한다. 쉽게 말하면 개인적인 맥락이 깃들어 있지 않은 사진은 사진이 아니라는 것이다.

우리는 오늘도 타인에게 보여 주기 위한 명장면을 만드느라 지나치게 몰두하고 있다. 성공, 승리, 획득 뭐 이런 따위 말이다. 이 명장면은 분명 오늘을 행복하게 해 줄 것이다. 하지만 먼 훗날 서랍에서 앨범을 꺼내 오늘을 되돌아볼 때, 이 명장면이 반드시 행복으로 기억되지는 않을 것이다. 바르트의 말대로 그 장면 속에는 개인이 빠져 있기 때문이다.

더 뿌듯한 내일을 원한다면 사소한 시간 하나하나를 소홀히 하지 말자. 소박한 오늘을 보내는 나만의 시간이지만, 그 속에는 영화의 규칙처럼 내일을 행복하게 해 줄 결정적 장면이 반드시 숨어 있을 테니까.

데드라인은 생산적인
행동을 장려할 수 있는
마법의 기술이기도
하지만, 블랙홀처럼
시간과 에너지를
잡아먹기도 한다.

00:39

크리스토퍼 콕스, 『데드라인 이펙트』
(임현경 옮김, RHK, 2021)

프리랜서 카피라이터의 업무는 대강 이렇다. 먼저 대행사나 프로덕션으로부터 프로젝트에 대한 오티(오리엔테이션)를 받는다. 오티를 받을 때 키워드나 아이디어가 번뜩 생각나는 경우가 있다. 이게 중요한데, 절대로 그 자리에서 얘기하면 안 된다. 꽁꽁 싸 두었다가 오랜 고민의 산물인 양 나중에 풀어놔야 한다. 그래야 고생한 줄 안다. 오티가 끝나면 데드라인이 언제냐고 물어본다. 시간이 부족하지 않아도 일단 "시간이 없네요" 하면서 밑간을 친다. 그래야 역시 고생한 줄 안다.

다음부터는 혼자의 시간이다. 시작이 반이라고, 시작만 하면 가속도가 붙을 텐데, 그 전까지 몸을 배배 꼬고 있다. 준비운동 시간이 꽤나 길다. 괜히 데드라인이 적힌 일정표만 바라보며 걱정과 한숨만 늘어놓는다. 그러다 보면 어느새 데드라인이 코앞에 닥쳐 있다. 갑자기 초조해지면서 심장이 요동치기 시작한다. 진짜로 "시간이 없네요"가 된다.

지금부터는 영업 비밀. 그동안 해 놨던 작업들을 끝없이 되새김질한다. 그리고 비슷한 것을 찾아 새로운 프로젝트에 맞게 재조합한다. 오티 때 안 풀어놨던 키워드나 아이디어를 정리하는 작업도 병행한다. 데드라인이 다가올수록 집중력은 엄청나게 고조된다. 물론 새로운 키워드나 아이디어도 준비한다. 나름대로 직업윤리를 지키는 사람이다. 누가 지켜보는 사람이 없는데도 데드라인은 나의 생산 활동을 재촉하는 감시자가 된다.

데드라인에 맞춰 드디어 완성. 결과물을 보면 언제나 후회가 남는다. 그런데 빈둥대지 않았다면 결과물이 더 좋아졌을까? 장담은 못 하겠다. 어찌됐든 데드라인을 안 넘기고 일을 다 끝내면 너무나도 후련하다. 고통과 후련함을 반복하는 이 직업, 이 맛에 이 일을 못 그만두고 지금까지 하는 것 같기도 하다.

이따금 우리에겐
일상생활을 가로막는
반사적인 생각과
감정에서 벗어날
'타임아웃'이 필요하다.

00:40

크리스토퍼 거머, 『오늘부터 나에게 친절하기로 했다』
(서광 스님·김정숙·한창호 옮김, 더퀘스트, 2018)

지금 일상생활을 가로막는 일이 있는가? 매일 먹던 밥을 제대로 못 먹게 하고 매일 하던 운동을 제대로 못 하게 하고 매일 하던 사랑을 제대로 못 하게 하고 매일 보던 책을 제대로 못 보게 하는 일이 있는가? 그런 일이 있다면 무엇 때문인가?

농구나 배구 같은 스포츠 종목에는 타임아웃이 있다. 흐름이 원활하지 않을 때 감독은 잠시 경기 중단을 요청한다. 애니메이션『슬램덩크』에서 안 감독은 타임아웃을 부르고 나서 이런 멋진 말을 늘어놓는다. "나뿐인가? 아직 이길 수 있다고 생각하는 것은…… 포기하면 그 순간이 바로 시합 종료예요." 하지만 이 소중한 시간에 명대사만 읊을 수는 없는 노릇이다. 전반적인 상황을 점검해서 문제점을 발견하고 대응책을 제시해야 한다.

삶도 마찬가지. 일상이 침울하고 그 흐름이 원활하지 않을 때는 과감히 타임아웃을 해 볼 필요가 있다. 나를 둘러싼 모든 것을 재해석하고 재배열할 필요가 있다. 그리고 지금 나의 생각과 감정이 버려야 할 것인지 아닌지 점검할 필요가 있다. 일상의 침울함은 상황 탓이 아니라 반사적으로 반복되는 생각과 감정에서 비롯되는 경우가 많기 때문이다.

스포츠에서 타임아웃 이후에 경기의 흐름을 완전히 뒤바꾸는 일이 많듯이 삶에서도 타임아웃 이후에 인생의 흐름을 완전히 뒤바꿀 수 있다. 타임아웃은 단순한 시간 멈춤이 아니라 스스로가 더 변화하고 성숙해지는 멈춤이다.

"우주에서 우리가 고칠 수 있는 것은 딱 한 가지밖에 없다. 그것은 바로 우리 자신이다." 지금 일상생활을 가로막고 있는 것은 그 무엇도 아닌 나 자신일지도 모른다. 소설가 올더스 헉슬리의 말대로 타임아웃을 통해 나의 생각과 감정을 가다듬고 고쳐나갈 때, 잔뜩 성난 일상은 좀 더 유순해질 것이다.

일기는 매일의 사실적인
삶을 기록하는 것이
아니다. 오히려
그 대안을 제시한다.
일기는 자아에 대한 나의
이해를 담는 매체이다.

00:41

수전 손택, 『다시 태어나다』
(김선형 옮김, 이후, 2013)

프리랜서를 하면서부터 매일매일 메모를 해 왔다. 무슨 업무를 했는지 파악해야 했기 때문이다. 그러다 아주 간단하게 사적인 일상까지 기록하기 시작했다. 이 메모를 연말에 들춰 보면 한 해 동안 어떤 시간을 보냈는지 알 수 있어 재미났다. 서울과 부산을 오가면서부터는 아예 일기를 쓰기 시작했다. 새로운 삶의 시작을 좀 더 생생하고 풍성하게 기록하고픈 마음에서였다. 그렇다면 메모와 일기의 차이는 무엇일까?

오늘 하루의 시간을 주어와 술어로만 정리한다면, 그것은 메모다. 그러나 거기에 목적어와 수식어까지 더해진다면, 그것은 일기다. 하루의 시간이 낱말이 되고 단락이 되고 문장이 되는 일, 인생의 기록을 넘어 인생의 맥락이 되는 일. 그것이 곧 일기다. 그러니까 하루의 시간에 의심을 갖지 않는다면 굳이 일기가 필요 없다. 메모로 사실만 열거하면 된다. 하지만 하루의 시간에 의심을 품고 대안을 찾는다면 일기가 필요하다.

일기는 쓰기 편하다. 문장이 서툴러도 상관없다. 표현이 서툴러도 상관없다. 독자가 나 혼자인 까닭이다. 하지만 일기는 쓰기 힘들다. 비록 하나뿐인 독자지만 나의 모든 시간을 샅샅이 꿰뚫어 보고 있는 까닭이다. 그래서 일기에 핑계 따위는 없다. 핑계는 남한테 대는 것이지 나한테 대는 것이 아니니까. 일기는 그냥 있는 그대로 쓰면 된다, 이렇게. "오늘도 패했다."

이런 솔직함은 나를 다짐하게 만든다. 더 이상 실수 안 하는 내가 되기로 한다. 그런데 그게 가능한가? 또다시 실언하고 실책하고 실망하고, 급기야 주저앉고. 그러다 이 모든 것을 일기에 고백하며 바닥을 딛고 일어서고. 결국 일기란 실수로 움츠러든 나의 몸을 다독이고 다시 펴 주는, 아주 든든한 또 다른 나라고 정의할 수 있을 것 같다.

멋진 사람이 되세요.
하지만 그것을
증명하는 데 시간
낭비는 하지 마세요.

00:42

파울로 코엘료, 『내가 빛나는 순간』
(박태옥 옮김, 자음과모음, 2020)

종합검진을 받고 나니 의사가 두 가지를 끊으라 했다. 첫 번째는 담배. 폐가 많이 약해져 있으니 반드시 끊어야 한다고 했다. 아, 내 인생 최고의 절친이었는데. 두 번째는 피트니스. 겉보기엔 아무 이상 없으나 인바디 결과가 처참한 수준이니 당장 헬스클럽 정기권을 끊어 체지방을 줄이고 근육량을 키워야 한다고 했다.

그래서 끊었다. 비록 3개월의 시간이 걸렸지만 끈질기게 치근덕거리는 담배와의 20년 사랑을 냉정하게 정리했다. 대단하지 않은가? 그리고 이왕 하는 거, 사치 좀 부려 헬스클럽에 6개월 PT 프로그램을 등록했다. 담배 대신 내 몸과 정을 쌓아 가기로 했다. 그랬더니 기대했던 넓은 어깨와 식스팩은 아니어도 몸에 변화가 생기기 시작했다. 어깨가 좁고 등이 굽었었는데 확연히 달라진 느낌이 들었다. 만나는 사람마다 몸이 좋아졌다고 했다.

내친김에 겉 근육뿐만 아니라 속 근육도 키워 보려 했다. 온전한 몸과 온전한 정신으로 살아갈 시간이 살아온 시간보다 적을 거라 생각하니 갑자기 하루하루가 소중해졌다. 시간을 허투루 보내지 않기로 결심하고 내 나름의 타임 테이블을 만들었다. 와, 스스로 너무 기특했다. 담배를 끊고, 몸과 마음을 키우고, 게다가 계획하고 실천하고. 이렇게 멋있게 살아도 되는 거야?

이 멋진 하루하루를 나만 알고 있자니 섭섭했다. 주위에 획기적으로 전환된 나를 알리고 싶어 좀이 쑤셨다. 하지만 간신히 참았다. 코엘료 선생이 『내가 빛나는 순간』에서 "인생은 경주가 아니라 여행"이라는 가르침을 줬기 때문이다. 인생이란 다른 이에게 나를 증명하는 경주가 아니라 스스로에게 나를 증명하는 여행이어야 한다는 가르침을.

그런데 여기에 이렇게 자랑질을 하고 있다. 에고, 멋진 인생을 사는 것보다 더 어려운 것은 겸손한 인생을 사는 것인가 보다.

살아 있는 시간이
더 길다.
아무리 짧은
인생이었더라도
살아 있는 시간이
더 길다.

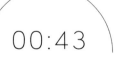

00:43

마스다 미리, 『오늘의 인생』
(이소담 옮김, 이봄, 2017)

우리는 모두 세계 안의 존재다. 이 세계는 내가 선택하지도 만들지도 않았다. 내가 태어나고 싶어 태어난 곳이 아니다. 하지만 내 뜻과 전혀 상관없이 이곳에 내던져졌다. 우리는 어쩔 수 없이 이 세계를 살아간다.

그래서 우리는 때때로 불안하다. '나는 왜 여기 살고 있을까?'라는 의문을 품으며, '내게 사는 게 무슨 의미가 있지?'라는 허무와 무상감을 느낀다. 이 세계에 내던져지지 않았다면 아무 일도 없을 텐데.

누구에게나 다가오는 이 불안을 통해 우리는 언젠가 죽고 이 세상을 떠나게 되리라는 사실을 깨닫는다. 하지만 역설적이게도 이러한 자각을 통해 삶의 의미와 중요성을 되새긴다. '현재를 초월하여 미래에로 자기를 내던지는 실존의 존재 방식'을 살아가는 것이다. 다시 말해 누구나 죽을 수밖에 없지만 바로 이 때문에 충실한 '본래적 삶'을 살 수 있다.

하이데거의 『존재와 시간』을 읽고 싶지만 감히 엄두를 못 내고 있다. 앞에 쓴 글은 나 같은 사람을 위해 다른 철학책에서 이 개념을 쉽게 간추려 설명한 내용을 다시 정리한 것이다.(깊지 않은 나의 지식수준에서 정리한 거라 오류가 있을 수 있다.)

그런데 정말 매력적인 만화가 마스다 미리가 오늘의 소소한 일상을 짧은 컷으로 그린 만화 『오늘의 인생』에서 이 어려운 개념을 너무도 쉽게, 그러나 너무도 가슴 울리게 딱 두 문장으로 요약해 주었다. 소소한 것 같지만 곱씹으면 곱씹을수록 오늘에 위로가 되고 용기가 되는 영롱한 문구다.

"살아 있는 시간이 더 길다. 아무리 짧은 인생이었더라도 살아 있는 시간이 더 길다."

며칠 전, 아주 잘 알던 사람이 이 세상을 떠났다.

청춘은
나이가 아니다.

00:44

강상중, 『고민하는 힘』
(이경덕 옮김, 사계절, 2009)

정세랑 작가는 소설 『이만큼 가까이』에서 어른이 된다는 것을 이렇게 설명한다. "결국 크면 대단한 게 되는 게 아니라 애초에 하던 걸 본격적으로 하게 되는 거구나 싶다."

그렇다, 어른이 된다고 굉장한 일이 일어나진 않는다. 다만 어떤 경로에 의해서든 특별한 삶이 아니라 본격적인 삶을 시작하게 된다. 그 선택이 내가 원했던 것이 아니더라도. 그렇기 때문에 그 선택의 대가로 잃어버리게 된 그 무엇에 자꾸 미련을 품곤 한다. 그 잃어버린 것을 찾아 자꾸 옛 시간을 들춰내곤 한다. 하지만 모든 어른이 그런 것은 아니다. 어떤 어른에게는 잃어버린 꿈이 아니라 여전히 지속되는 꿈이다.

재일한국인 정치학자 강상중 교수는 『고민하는 힘』에서 "원숙함에는 표층적인 것과 청춘적인 것이 있다"고 전제하며 "청춘적 요소를 잃지 않는 것이 진짜 원숙함"이라고 강조한다.

좋아하는 것과 잘하는 것은 분명 다르다. 내가 좋아하는 일이지만 너무 멀리 있는 경우가 있다. 글쓰기를 너무 좋아한다고 해서 모두 작가가 될 수 없고, 요리를 너무 좋아한다고 해서 모두 셰프가 될 수 없다. 하지만 잘할 수 없다고 좋아하는 일을 포기하는 것은 참 미련한 짓이다. 좋아한다면 어떤 형태라도 좋아하는 일을 지속해야 진짜 좋아하는 것이다. 취미더라도 감상이더라도 말이다. 결과가 아니라 과정의 시간에 방점을 찍는 것, 그것이 강상중 교수가 말하는 진짜 청춘적 요소일 터이다.

원숙해지려면 오히려 나이를 거꾸로 먹을 필요가 있다. 조금은 뻔뻔하게 젊은 행세를 할 필요가 있다. 서툴고 어색하더라도 내가 좋아하는 일을 하는 과정에 풍덩 빠져 볼 필요가 있다. 젊어 보인다는 것은 옷차림이 아니라 마음차림이다. 청춘은 나이가 아니라 마음이다.

Time waits for no one.

00:45

애니메이션 『시간을 달리는 소녀』
(호소다 마모루 감독, 2007)

여기서도 저기서도 챗GPT다. 새로운 흐름에 워낙 둔감한 체질이라 먼 나라 얘기로만 여겼는데, 문득 궁금해졌다. 챗GPT에게 시간에 대해 물어보면 어떤 대답이 나올까? 그래서 물어보았다.

"챗GPT, 시간에 대한 격언 다섯 개만 말해 줘."

부탁대로 다섯 개의 격언과 뜻을 말해 주었다. 뒤에서부터 거슬러 올라가면 다음과 같다. 다섯째, Lost time is never found again. 잃어버린 시간은 다시 찾을 수 없다. 넷째, Time heals all wounds. 시간은 모든 상처를 치유한다. 셋째, There is a time and place for everything. 모든 일에는 때와 장소가 있다. 둘째, Time is money. 시간은 금이다. 뭐 그냥 그렇다. 조금은 시시하다. 대망의 첫 번째 격언 또한 아주 특별하지는 않다. Time waits for no one. 시간은 아무도 기다려 주지 않는다.

그런데 이 첫 번째 격언이 조금 특별하게 다가오는 건 왜일까. 호소다 마모루 감독의 애니메이션 『시간을 달리는 소녀』에도 나오는 유명한 대사인 덕이다. 주인공 소녀가 친구에게 한 소년을 좋아한다고 고백한다. 친구는 주인공에게 빨리 소년에게 가 보라고 한다. 하지만 친구는 마음이 아프다. 친구 역시 소년을 좋아하고 있기 때문이다. 그러면서 주인공에게 하는 것인지, 아니면 자신에게 하는 것인지 알 수 없는 서글픈 독백을 내뱉는다. "시간은 아무도 기다려 주지 않아."

꿈이든 사랑이든 머뭇거림은 후회를 낳는다. 결과는 알 수 없지만 일단 해 보는 것이 정답과 좀 더 가깝다. 나중에 한탄해 봤자 소용없다. 시간은 되돌릴 수 없다. 인생의 후회를 줄이는 가장 효율적인 방법은 주어진 시간을 회피하지 않고 당당히 맞이하는 것이다.

"30초 규칙이란, 어떤 일을 결정해야 하는 순간에 딱 30초만 더 생각하라는 것일세. 우유부단하게 망설이라는 뜻이 결코 아니라네."

00:46

호아킴 데 포사다·엘런 싱어, 『마시멜로 이야기』
(정지영 옮김, 한국경제신문, 2005)

비즈니스 관계뿐만 아니다. 인간관계에서도 30초 이상 신중하게 고민해야 하는 일이 있다. 경조사비도 그렇다. 경조사 소식을 접하면 30초도 안 걸려 축하나 애도의 뜻을 전한다. 그러고 나면 고민이 시작된다. 아주 친하거나 별로 안 친하면 고민이 필요 없다. 암묵적으로 정해진 액수를 내면 그만이다. 그러나 애매하게 친하면 머리를 쥐어짜게 된다. 5만 원? 약한데. 10만 원? 과한데.

꽤 친하다고 생각하는 지인이 있었다. '있었다'라는 과거형을 쓴 이유는 지금은 아니라고 생각하기 때문이다. 여기서 쫀쫀하게 얘기하기 그렇지만 그 지인은 얼마 전 있었던 내 가족의 일을 모른 척했다. 나는 똑같은 일에 성의를 표했었는데. '너는 이제 아웃이야!'

별로 안 친하다고 생각하던 지인이 있다. '있다'라는 현재형을 쓴 이유는 지금은 제법 친해졌다고 생각하기 때문이다. 솔직히 그 지인의 경사에 가야 할지 말아야 할지 고민이 됐다. 우리가 그렇게 가까운 사이였던가? 일단 가기는 갔다. 그리고 축의금을 내기 전 30초 동안 망설였다. 약하게 내면 좀팽이처럼 볼 것 같고 과하게 내며 부담을 가질 것 같고. 결국 전자를 택했다. 그런데 내가 인사를 건네자 그 지인이 너무 반가워하며 가족들에게 나를 소개하는 것이었다. "내가 정말 친해지고 싶은 선배야." 아, 쫀쫀한 내 축의금을 돌려줘. 하지만 이미 함 안에 들어간 봉투였다.

도대체 이유를 모르겠다. 좋은 일 혹은 슬픈 일에 왜 돈 가지고 고민해야 하는지. 그리고 그 돈의 양에 의해 인간관계가 왜 돈독해지거나 희박해져야 하는지. 비즈니스 관계에서는 30초를 더 신중하게 생각하는 것이 옳은 결정을 내리는 규칙이 될 것이다. 하지만 인간관계에서는 별다른 시간의 고민 없이 그저 마음 닿는 대로 생각하고 결정하는 편이 더 낫지 싶다.

"사람들은 시간이 나기를, 방해받지 않은 환경이 갖춰지기를 기다린다고 하죠. 그저 핑계예요. 글은 쓰기만 하면 돼요, 어디서든!"

00:47

마르그리트 뒤라스,
베르나르 피보와 나눈 대담 중에서

소설 『연인』으로 유명한 마르그리트 뒤라스는 유년 시절 어머니의 과도한 간섭을 견딜 수 없었으나 그 잘못된 방식의 사랑이 오히려 자신의 창작욕을 불태웠음을 고백한다. 그리고 그 욕구는 때와 장소를 가리지 않고 활활 타오른다고 문학 평론가 베르나르 피보와의 대담에서 밝힌다.

뒤라스의 말처럼 글쓰기는 어디에서나 가능하다. 공부도 마찬가지다. 하지만 혼자 있으면 아무래도 나태해지기 십상이다. 그렇다고 사람이 너무 바글바글한 곳에서는 글을 쓰기도 공부를 하기도 버겁다. 그래서 적당히 붐비는 카페에 카공족이 몰린다. 『카페에서 공부하는 할머니』를 쓴 심혜경 작가는 "아무도 나를 쳐다보지 않지만 내 마음대로 행동할 수는 없는, 약간의 제약이 뒤따르는 그 장소성이 내 자세와 태도를 바로잡아 준다"며 카페 예찬론을 편다. 정말 공감 가는 해석이다.

그런데 카페도 저마다 다르다. 글쓰기, 공부하기에 정말 좋은 카페는 따로 있다. 일단 별다방 같은 체인 커피점은 제외. 너무 번잡하고 괴물 같다. 그들의 손길이 미치지 않는 동네 깊숙한 곳, 그중에서도 비교적 널찍한 카페가 가장 좋다. 그런데 카페 사정을 생각하면 커피 한 잔으로 오래 머물 수가 없다. 손님도 드문드문한데 계속 앉아 있기가 미안하다. 그래서 또 찾은 곳이 공공기관이나 종교단체에서 운영하는 카페. 동네 곳곳에 이런 카페가 의외로 많이 숨어 있다. 분위기도 괜찮고 가격도 착하다.

자, 모든 것이 갖춰졌다. 글이 술술 써지는가? 공부가 잘되는가? 뒤라스는 어떤 열악한 시간과 공간에서도 글은 써진다고 했다. 그런데 이런 조건이 마련되었는데도 그렇지 않다면 환경이 아니라 박약한 집중력을 탓해야 한다. 나도 종종, 아니 빈번히 그렇다.

시간이란 얼마나 힘이
센지 아무리 격렬한
고통도 과거의 일로
만들어 버린다.

00:48

박사, 『치킨의 다리가 하나여도 웃을 수 있다면』
(허밍버드, 2019)

시간이 해결해 준다. 정말 애절한 일도 정말 침통한 일도 정말 수치스러운 일도 시간이 지나면 과거의 일이 된다.

불행이라는 것에 타이머가 장착돼 있으면 좋겠다는 생각을 품은 적이 있다. 그러면 불행이 언제 시작되고 언제 끝날지 알 수 있으니까. 격렬한 통증에 대비할 수 있으니까. 하지만 그런 불행은 없다. 그 잔인한 것은 어느 날 예고 없이 불쑥 찾아온다, 그리고 삶의 한가운데서 내 목을 수시로 졸라 댄다. 그런데 그 무지막지한 것도 시간에 굴복하고 만다.

"불행의 폭풍은 대부분 시간이 지나가기를 기다리면 사라진다. 행복이 흘러가 버리듯 불행도 흘러가 버리는 것은 삶의 공공연한 비밀이다."

박사 작가가 『치킨의 다리가 하나여도 웃을 수 있다면』에서 말했듯이 가장 정점의 아픔도 언젠가는 시간의 물결이 되어 인생의 바다로 흘러내려 간다.

시간은 만병통치약이
아니다.

00:49

앤디 워홀

그러나 시간이 모든 걸 해결해 주지는 않는다. 흔적은 남는다. 인생에서 완전히 생략되는 것은 없다. 다만 희미해질 뿐. 약해지고 엷어질 뿐. 내 인생 최악의 시간은 최악의 장면을 맞은 시간이 아니다. 다 잊은 줄 알았는데, 두 번 다시 떠올리기 싫은데 그 최악의 장면이 자꾸 생각나는 시간이다.

그렇다, 시간은 좋은 치료제임에 틀림없지만 만병통치약은 될 수 없다. 아무것도 하지 않는 자의 시간은 흐르지 않고 멈춰 있다. 따라서 고통과 고뇌도 흐르지 않고 멈춰 있다. 흐르지 않고 아프게 고여 있다. 더 나아가 때때로 마음속에 날카로이 새겨진 것들은 시간을 거듭할수록 흐려지기는커녕 오히려 선명해진다.

영화감독 우디 앨런이 이런 말을 했다. "이 세상에 시간이 있는 이유는 모든 일이 동시에 일어나지 않기 위해서고, 이 세상에 공간이 있는 이유는 모든 일이 나에게만 일어나지 않기 위해서다." 이 말이 어느 정도 맞는 거라면 불행은 동시에 찾아오지 않고 나에게만 찾아오지도 않는다. 불행은 시간적 차등을 두고 찾아오며 모두에게 찾아온다. 그러니까 행복이란 누구에게나 어김없이 찾아오는 이 불행을 얼마나 잘 극복해 가느냐에 따라 결정된다고 할 수 있겠다.

시간은 가만히 있는 나의 편이 아니다. 수동적인 나의 편이 아니다. 내가 움직일 때, 내가 능동적일 때 비로소 시간은 내 편이 된다. 그제야 아픈 기억은 망각이 될 수 있다. 시간이 모든 걸 해결해 준다는 생각은 오산이라고 경고한 앤디 워홀이 또 이렇게 강조한다. "사람들은 시간이 사물을 변화시킨다고 하지만, 사실 당신 스스로 그것들을 변화시켜야 한다."

시간에 모든 걸 맡길 수는 없다. 시간이 어느 정도 도움을 주겠지만 결국 해결의 주체는 나 자신이다.

노인을 경외하는 것은,
내가 힘겨워하는
내 앞의 시간을 그는
다 살아 냈기 때문이다.

00:50

한정원, 『시와 산책』
(시간의 흐름, 2020)

부산에 터전을 마련했다고 하니 어머니가 꼭 한번 오고 싶다고 했다. 어머니의 건강 상태를 고려하면 말리고 싶었으나 말리지 않았다. 어쩌면 어머니 생애에 마지막 장거리 여행이 될지도 모른다는 생각에서였다.

예상대로 만만치 않은 여정이었다. 여행 내내 어머니는 애써 안 힘든 척했지만, 그래서 더 힘들어 보였다. 그런데 어머니가 유독 생기를 찾은 순간이 있었다. 아들 집에서 유리처럼 반짝이는 바다 풍경과 마주한 순간? 물론 그때도 그랬다. 하지만 좀처럼 흥분하는 일이 없는 어머니의 목소리 톤이 한껏 높아진 순간은 영도다리를 건널 때였다. 어린 나이에 영도다리를 오가며 얼마나 고생했는지 떠올리는 순간.

가끔씩 궁금해진다. 어머니 세대의 노인들은 힘들었던 기억을 끄집어내며 왜 자꾸 웃는 걸까? 그 부조리의 시간을 말하면서 왜 자꾸 즐거워하는 걸까? 그래서 어머니에게 물어보았다. 그게 웃음이 날 일이냐고, 그게 즐거워할 일이냐고. 그랬더니 어머니는 그렇게 고생해서 너를 키운 거라 하며 또 웃었다.

그 웃음 속에는 눈물조차 끈기로 만들어 낸 눅진한 시간이 깃들어 있었다. 슬픔조차 낙관으로 승화해 낸 의연한 시간이 깃들어 있었다. 그러니까 그 웃음은 그 어떤 힘겨운 시간도 이겨 냈다는 자부심에서 비롯된 것이었다. 더불어…… 그 웃음의 끝자락에는 서글픔도 살짝 묻어 있었다. 이 색 바랜 슬픔과 닳아 해진 아픔의 기억을 만날 날도 얼마 안 남았다는 서글픔.

나도 저 나이가 되면 지나온 시간을 웃음과 즐거움으로 되돌아볼 수 있을까? 잘 모르겠다. 그래서 내 어머니와 그 세대에게 경외감을 품게 된다. 단 성조기와 이스라엘기도 모자라 일장기를 들고 거리를 배회하는 저 철없는 노인들은 제외하고.

시간을 뛰어넘어 과거와
연결되는 행운은
자주 찾아오지 않는데
오늘 밤엔 선물처럼
옛날 사람들과 닿아
긴 대화를 나누었다.

시간의 창문을 여러 번
건너다녔다.

00:51

최다정, 『한자 줍기』
(아침달, 2023)

제목만 보고 혹 고루할지도 모른다고 생각했다. 괜한 의심이었다. 책에는 섬세한 감각과 풍부한 감정이 넘쳐났다. 젊은 학자 최다정의 산문집 『한자 줍기』를 두고 하는 말이다. 책에서 저자는 한자를 공부하는 즐거움을 이렇게 표현한다. "과거와 소통하는 찰나에 놓이면 한꺼번에 시공간은 무색해지고 혼자가 아니라는 감각이 뚜렷해진다."

꽤 오래전부터 고전을 읽고자 내 나름대로 노력하고 있다. 뭐 대단한 건 아니고, 동네 도서관이나 전자도서관에서 소설류 위주로 눈에 띄는 대로 빌려 읽는다. 그런데 그때마다 깜짝 놀란다. 그동안 강요와 의무감으로 읽은 이 책들을 제대로 이해 못 하고 있었다니 창피해서, 또 옛날 옛적 같은 그 시절에 이토록 수준 높은 글을 썼다는 데 경외감이 들어서. 최근에 읽은 나쓰메 소세키의 『마음』도 마찬가지다.

고전을 읽을 때 가장 좋은 배경음악은 93.1메가헤르츠. 클래식의 선율은 좀처럼 책 읽기에 간섭하지 않는다. 그저 시간의 창문을 슬며시 톡톡 두드려 준다. 그 창문 밖에는 옛사람들이 서성이고 있다. 그러면 고전을 읽는 독자는 시간을 초월하여 창문을 열고 그들과 긴 이야기를 나눈다.

아는 사람은 다 안다. 그 시간은 지금을 살아가는 이에게 선물 같은 시간이라는 것을. 단순히 옛이야기를 듣는 시간이 아니라 오늘의 아픔과 슬픔과 외로움을 토로하는 시간이며, 그 해결책을 옛사람들과 함께 궁구하는 시간이라는 것을. 요컨대 고전을 읽는 시간은 오랜 세월 속에서 검증된 카운슬러를 바로 앞에 두고 인생을 어떻게 살아가야 하는지 상담 받는 아주 소중한 시간이다. 그것도 단 한 푼의 상담료 없이. 고전 읽기처럼 남는 장사도 없을 것이다.

"이제는 일을 끝내고
집으로 돌아가야 할
시간입니다."

00:52

슈테판 츠바이크, 『환상의 밤』
(원당희 옮김, 세창출판사, 2018)

이 거리에는 패배의 쓰라림을 짊어진 이들이 참 많다. 빈 정류장 같은 공허함 마음으로 서럽게 거리를 서성이는 사람들. 시험에 실패한 소녀, 사랑에 실패한 소년, 취업에 실패한 청년, 승진에 실패한 중년. 저마다의 통증을 애써 견디고 눈물을 애써 감춘다. 그들에게 이 어둠의 시간은 짙은 아픔의 시간이다.

이 거리에는 승리의 짜릿함에 도취된 이들도 참 많다. 세상을 다 가진 듯 크레셴도의 환희에 이른 사람들. 광장의 주인 행세를 하며 한껏 소리를 지르고 마음껏 축배를 드는 그들, 꿈을 어느 정도 이룬 그들, 그래서 이 시간이 그대로 멈추면 좋겠다고 다시 꿈을 꾸는 그들. 저마다의 성공담을 되새기고 또 되새기며 이 어둠의 시간을 환한 낮의 시간처럼 활보한다.

하지만 돌아간다. 실패에 쓰라린 사람도 승리에 짜릿한 사람도 돌아간다. 처참하고 먹먹한 시간이었어도, 흥분되고 두근거리는 시간이었어도, 어쨌든 밤 열두 시의 신데렐라처럼 집으로 돌아간다. 누구는 아픈 시간에서 깨어나 다시 시작하는 시간을 갖기 위해, 누구는 황홀한 시간에서 깨어나 다시 겸허해지는 시간을 갖기 위해 집으로 돌아간다.

돌아가야 할 때가 언제인가를 분명히 알고 돌아가는 이의 뒷모습은 얼마나 아름다운가. 실패에 너무 낙담하지도 않고 승리에 너무 자만하지도 않고 적당한 때에 돌아가는 그 모습은 정말 슬기로워 보인다. 준비하고, 시작하고, 나아가고, 겪고, 그리고 무슨 결과이든 담담하게 받아들이며 집으로 돌아오고.

더 나은 내일로 뚜벅뚜벅 걷고 싶다면, 이제는 삶의 베이스캠프인 집으로 돌아가야 할 시간이다.

이제는 이해할 수 있다.
시간의 지배로부터
완전히 해방되면
비로소 시간을
멈출 수 있다는 것을.

00:53

매트 헤이그, 『시간을 멈추는 법』
(최필원 옮김, 북폴리오, 2018)

매트 헤이그의 소설 『시간을 멈추는 법』의 주인공은 정상인에 비해 노화 속도가 15배나 느리다. 그러니까 소설 속에서 그는 1581년생으로 439살이지만, 신체 나이는 서른 살을 조금 넘겼을 뿐이다. 별 탈이 없다면 천 살은 거뜬히 살 수 있다. 나도 소설의 주인공과 같은 속도로 노화한다면 어떤 인생을 살아가게 될까?

먼저 하던 일을 다 때려치울까? 요절(?)하지 않는 이상 앞으로 900년 이상을 더 살 텐데, 즐겁기도 하지만 때로는 고통스러운 지금의 일들을 굳이 애써 할 필요가 없을 것 같다. 100년쯤 더 살아 보고 지금 하는 일보다 재미있는 일을 찾아내 800년 동안 해나가면 되지 않을까. 하지만 그걸 찾을 때까지 어떻게 먹고살지? 여기에 생각에 미치니 아무리 힘들더라도 하던 일을 계속해야 할 것 같다. 그것도 무려 100년 넘게, 아니 못 찾으면 몇 백 년을 더.

오래 사는 것도 별로 좋은 일이 아닌가 보다. 소설 속 주인공 역시 사랑하는 이들을 먼저 떠나보내고 긴긴 시간을 외롭게 유랑할 뿐이다. 그리고 그 끝에 깨달음을 얻는다. 시간의 길고 짧음을 재는 눈금으로부터 벗어나야 비로소 의미 있는 현재에 눈뜨게 된다고. 시간의 지배로부터 완전히 해방돼야 비로소 시간을 멈출 수 있다고.

우리는 시간의 눈금에 너무 집착한다. 시간의 눈금을 보며 앞으로 얼마나 더 살 수 있을까 애를 태우고, 취업이나 승진이 늦어졌다고 속상해한다. 하지만 그 숫자에 집착해 봐야 숫자일 따름이다. 중요한 것은 시간의 눈금이 아니다. 인생에서 다시 오지 않을 단 한 번뿐인 지금이다. "그날 하루를 알차게 보내면 편히 잘 수 있고, 주어진 삶을 알차게 보내면 행복한 죽음을 맞이할 수 있다." 지금 이 순간에 최선을 다하는 인생이 정말 잘 사는 인생이라는 레오나르도 다빈치의 깊은 가르침이다.

'벌써'라는 말이
2월처럼 잘 어울리는 달은
아마 없을 것이다.

00:54

오세영, 「2월」, 『꽃들은 별을 우러르며 산다』
(큰나, 1992)

어릴 적의 2월은 뒹굴거림의 시간이었다. 봄방학이 있었기 때문이다. 겨울방학이 끝나고 학교를 다니다가 새 학기가 시작할 때까지 다시 누리는 봄방학은 짧았기에 더욱 감미로웠다. 봄방학을 맞이하는 날이면 학교에서 새 학년에 배울 교과서를 받아 왔고, 누나와 함께 새 교과서를 포장했다. 방구석에서 뒹굴거리며 그 교과서를 보던 2월은 참 넉넉했다.

젊은 날의 2월은 두근거림의 시간이었다. 발렌타인데이가 있었기 때문이다. 요즘도 그런지 모르겠지만 내 젊은 시절의 그 날은 남녀 사이에서 대단히 중요했다. 초콜릿 하나가 사랑의 농도를 측정하고 크기를 결정했다. 그날을 유의미하게 보낸 2월은 어느새 다가온 봄처럼 따뜻했지만 그렇지 않은 2월은 물러서지 않은 겨울처럼 춥고 아렸다.

결혼을 하자 2월은 공백의 시간이 되었다. 설 연휴가 있었기 때문이다. 결혼 전에는 이 긴 휴식 시간 동안 여행을 다녀와 재충전을 하곤 했다. 하지만 결혼을 하고 나니 설 '연휴'가 아니었다. 설 '관계'였다. 가족끼리 더 즐겁고 견고해져야 할 시간이 때로는 어긋나고 피곤해졌다. 왜 쓸데없이 에너지를 소모해야 할까? 아무리 생각해도 그 2월은 비생산적이었다.

그리고 이 모든 것을 관통하여 2월은 초조함의 시간이다. 아무것도 한 게 없는데 '벌써' 달력이 한 장 찢겼다. 한 해의 12분의 1이라는 시간이 훌쩍 가 버렸다. 나머지 시간도 이렇게 사라지는 거 아니야? 그래서 2월은 아직 시작일 뿐인 숫자임에도 불구하고 불온하게 불안감을 마구 조장한다. 이 영혼을 잠식한 불안을 잠재우려면 다시 긴장감을 추어올리는 길밖에 없을 것이다.

올해 하고자 했던 일을 다시 살펴보고 다시 보완하고 다시 실행해 나가야 하는 시기, 2월은 '다잡음'의 시간이다.

돌아가기엔 너무 많이
와버렸고
버리기에는 차마 아까운
시간입니다

00:55

나태주, 「11월」, 『사랑, 거짓말』
(푸른길, 2013)

11월은 절망을 강요하는 시간이었다. 수능 시험이 있었기 때문이다. 그 시험을 어떻게 보느냐에 따라 인생이 달라진다고 했다. 아직 10대인 아이들에게 그 시험이 평생을 좌우한다고 주지시켰다. 몇몇은 잘 봤고 대부분은 못 봤다. 가을도 아니고 겨울도 아닌 11월처럼 어중간한 표정의 아이들은 어중간하게 다가올 미래를 두려워할 수밖에 없었다. 11월은 이렇게 고작 10대 후반의 아이들에게 절망이라는 단어를 처음 가르쳐 주었다.

11월은 절망을 확인하는 시간이었다. 취업 시험이 있었기 때문이다. 요즘에는 취업 문화가 바뀌었지만 그 시절엔 대기업 취업 시험이 11월에 몰려 있었다. 요즘도 그렇지만 대기업에 들어가야만 성공한 인생이라는 꼬리표가 따라붙었다. 나이 제한도 있었다. 때문에 여전히 20대임에도 나이가 너무 많다고 푸념해야 했다. 11월은 이렇게 고작 20대 후반의 청년들에게 절망이라는 단어를 경험하게 해주었다.

줄어드는 낮의 시간처럼 11월은 희망의 시간도 줄어들게 했다. 끝으로 향하는 시간처럼 11월은 꿈을 막다른 곳으로 몰아넣었다. 하지만 더 이상 물러설 곳이 없다는 것은 역설적이게도 스스로를 다시 일으켜 세우는 계기가 되었다. 어차피 돌아가기엔 너무 와 버린 시간. 버리기엔 차마 아까운, 아니 결코 버릴 수 없는 시간. 여기저기 잔해처럼 뒹구는 낙엽이 깔린 바닥을 딛고 일어설 수밖에 없는 시간이었다. 그 깨달음은 절망 끝에 부르는 하나의 사랑 노래였다. 막다른 골목 끝에 한 해의 절망을 몽땅 쌓아두고, 비록 어렴풋할 뿐이지만 새해를 맞이하는 길로 다시 나섰다. 11월이 있었기에 가능한 12월과 1월이었다.

11월은 절망의 시간도, 어중간하고 어수선하고 어려운 시간도 아니다. 11월은 나를 다시 사랑하게 하는 '재기'의 시간이다.

눕기에 대해 생각한다는
것은 생리적이고
심리적이며 창조적인
면을 포함할 뿐 아니라,
시간 관리와 삶의 속도에
대한 심오한 문화적
주제들과 맞닿아 있다.

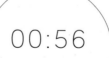

00:56

베른트 브루너, 『눕기의 기술』
(유영미 옮김, 현암사, 2015)

인생 최다最多의 고민은 이불 속 고민이다. 이불을 박차고 세상으로 나올 것인가, 아니면 그 속의 안온함에 좀 더 취해 있을 것인가. 매일같이 반복되어 온, 앞으로도 끊임없이 반복될 고민 중의 고민이다.

이불 속에 들어간다는 것은 본격적인 눕기의 시간으로 들어간다는 뜻. 누움과 동시에 우리가 보는 곳은 앞에서 위로 바뀐다. 아무것도 아니었던 천장이 우리의 새로운 무대가 된다. 이 새로운 무대는 보이는 것 그 이상을 보여 준다. 때로는 풀어야 할 숙제를 보여 주고, 때로는 당구공이나 테니스공을 보여 주며, 또 때로는 연인의 얼굴을 보여 주기도 한다. 그러니까 눕는다는 것은 현실의 시간이 상상의 시간으로 전환됨을 의미한다.

잘만 활용하면 눕기의 시간은 인생에서 아주 유용한 시간이 될 수 있다. 인생의 숙제가 잘 해결되지 않을 때, 여가를 상상으로 즐기고 싶을 때, 연인의 얼굴을 떠올리고 싶을 때, 이불 속이 아니더라도 어딘가에 살짝 누워 본다. 그리고 커다랗게 기지개를 켜면 팽팽히 긴장됐던 삶의 시간이 이완된다. 앞으로만 좁게 향해 있던 시선이 위로 넓게 펼쳐지면서 마음도 한층 너그러워진다.

그런데 눕는 장소와 시간에 따라 마음의 너그러움도 달라진다. 소파에 누우면 얕은 천장을 만나지만 공원 벤치에 누우면 높고 푸른 나뭇잎과 그 사이의 하늘을 만난다. 야외 캠핑장에 누워 밤하늘을 올려다보면 무수한 별들이 기다리고 있다. 이러한 눕기의 시간은 오염된 마음을 비워 내고 새로운 포부를 채워 준다. 앞의 욕망을 떨쳐 내고 위의 이상을 지향한다.

주의할 점. 이 눕는 시간에 탐닉하여 하루 종일 뒹굴거리다가는 포부와 이상은커녕 걱정거리만 가득 만날 수도 있다. 그러니까 아무리 좋은 시간이라도 적당히 갖자.

덴마크 사람들에게
오후 5시부터 8시까지의
시간은 신성불가침에
가까운 가족의 시간이다.

00:57

브리짓 슐트, 『타임 푸어』
(안진이 옮김, 더퀘스트, 2015)

덴마크에서는 일주일에 37시간 근무가 표준이란다. 덴마크 사람들은 4시가 넘으면 가족과 저녁 시간을 보내기 위해 집으로 간다. 7~8시까지 사무실에 남아 일하는 사람은 거의 없다고 한다.

8시는커녕 10시까지 야근을 밥 먹듯이 하던 광고회사에 다닐 때 일이다. 초여름이었는데 갑자기 건물 전체 에어컨 시설이 고장 났다. 도저히 근무할 상황이 아니었다. 기획 파트 직원들이 부랴부랴 광고주에게 연락해 모든 일정을 연기했다. 그리고 오후 두세 시쯤 전 직원이 뜻하지 않게 일찍 퇴근하게 됐다. 지금도 생생히 기억한다. 엘리베이터 안에서 너무도 환하게 웃으며 만세를 부르던 동료들의 모습을.

아마도 곧장 집으로 간 사람은 거의 없었을 것이다. 나 역시 일찍 퇴근한 사실을 집에 알리지 않았다. 대신 PC방에서 옆 팀과 술 내기 스타크래프트 팀플을 했다. 세상에, 이렇게 재미날 수가. 결국 그날 자정이 다 돼서야 집에 들어갔다. 가족들은 야근 후 지친 마음을 추스르기 위해 동료들과 한잔하고 온 줄 알고 있었다. 조금 미안했다.

그렇다면 이 나라 직장인은 덴마크 직장인에 비해 가족애가 부족한 걸까? 절대 그렇지 않을 것이다. 다만 스스로 삶의 가치를 조절할 수 있는 자율적 시간은 절대적으로 부족할 것이다. 그런 이 나라 직장인에게 몇 년 만에 한 번 올까 말까 한 공짜 시간이 하늘에서 툭 떨어졌으니, 좀처럼 발길이 집으로 향해지지 않았던 것이다.

지금도 69시간 근무제 독촉에 시달리며 타의에 의한 가난한 시간을 가져야 하는 이 나라 직장인을 보면 괜히 서글퍼진다. 일은 삶의 과정이지 결과가 아니다. 덴마크 사람들에게 배울 점이 있다면, 일하기 위해 살지 않고 살기 위해 일한다는 것이다.

127

막간의 시간은
무차별성의 시간,
우애의 시간이다.

00:58

한병철, 『피로 사회』
(문학과지성사, 2012)

재독 철학자 한병철 교수는 『피로 사회』에서 "21세기 사회는 규율사회에서 성과사회로 변모했다"고 정의한다. 그러면서 성과사회에 대해 다양한 언급을 하는데, 가장 와닿는 규정은 성과사회가 '할 수 있다'라는 긍정의 조동사 사회라는 것이다.

2016년 리우 올림픽 펜싱 에페 결승전에서 박상영 선수는 불리한 상황에서도 "할 수 있다, 할 수 있다"라는 혼잣말을 끊임없이 되뇌었다. 이 긍정성이 통했는지 박상영 선수는 완전히 기울었던 경기를 역전시키고 금메달을 거머쥐었다. 이후 박상영 선수의 '할 수 있다'는 광고로도 만들어지며 한동안 우리 사회의 긍정의 아이콘이 됐다. 아무리 불리해도 할 수 있어! 아무리 어려워도 성과를 낼 수 있어!

하지만 이 긍정성의 과잉은 자신과 경쟁하게 하고 스스로를 착취하게 한다고 한병철 교수는 지적한다. 긍정성으로 무장된 성과사회는 언뜻 유토피아처럼 보이나, 무한한 자유의 무게로 개인을 짓눌러 소진하게 하고 탈진하게 하며 피로로 몰아넣는다는 것이다. 이 정의가 옳다면, 우리의 일상에 때때로 필요한 것은 '할 수 없다'라는 부정성 아닐까.

성공을 못 하는 이유는 긍정적이지 않거나 아니면 능력이 없기 때문이라는 성과사회의 강박으로부터 도망쳐 나와 멈춤을 갖는 막간의 시간, 그래서 누구에게나 공평하고 누구와도 다정할 수 있는 평화의 시간. 이 시간은 '할 수 없다'는 부정의 마음을 가질 때 비로소 생겨나는 시간이다. 그러니 지금 너무 지치고 괴롭고 피로하다면 부정의 주문을 외워 보자. '할 수 있다, 할 수 있다. 오늘은 아무것도 안 하겠다는 실천을 꼭 할 수 있다.'

쓸모없는 것의 쓸모가 생겨나는 이 시간은 달력에도 빨간색으로 표시돼 있다.

시공간 연속체 속의
갑작스러운 미세오류
하나가 모든 사람,
모든 일로 하여금 지난
십 년간 했던 일을
좋건 나쁘건 정확히
한 번 더 반복하게
만든다는 것이다.

00:59

커트 보니것, 『타임퀘이크』
(유정완 옮김, 문학동네, 2022)

질문. 지금 이 순간 10년 전으로 돌아가 다시 살라고 한다면 어떻게 하겠는가? 너무도 황홀한 제안이다. 그렇게 하겠다. 돌아가서 미숙했던 부분들을 하나하나 고치고 채워 가며 그야말로 인간답게 10년을 다시 살아 보겠다.

또 질문. 하지만 조건이 있다. 그 10년의 시간을 절대로 바꿀 수 없다. 그러니 고치고 채워 가는 일도 있을 수 없다. 10년을 고스란히 똑같이 반복해야 할 뿐이다. 그래도 다시 돌아갈 것인가? 잠깐만, 이 대목에서는 고민이 좀 필요하다. 10년 동안 나에게 어떤 일이 있었지? 천천히 되새겨 보고 결정해야겠다.

기쁜 일이 많았던가, 슬픈 일이 많았던가. 글쎄, 잘 모르겠다. 하지만 매일매일 즐겁지는 않았던 것 같다. 술 마시는 횟수가 많이 늘었고 몸무게도 조금 늘었다. 굳이 바람직한 변화를 찾아 보자면 걷는 시간이 많이 늘었고 독서하는 시간도 조금 늘었다. 새로 사귄 사람은 별로 없고, 데면데면했는데 친해진 사람이 몇몇 있다. 그리고 세상을 떠나 영영 헤어진 사람도 서넛 있다. 되새겨 보니 나의 지난 10년은 '쏘쏘'였던 듯싶다.

그러니 그냥 10년 전으로는 안 돌아가련다. 아무리 좋았던 일이라도 다시 경험하면 평범해질 것이고, 안 좋았던 일은 더 안 좋아질 것만 같다. 간신히 잊어버린 이불킥마저 재현될 생각을 하니 끔찍하기 짝이 없다. 시간을 균열시켜 인생을 되풀이하게 하는 '타임퀘이크'는 소설 속에 남겨 두는 편이 낫겠다.

하지만 이런 다짐은 하게 된다. 앞으로의 10년은 정말 의미 있고 즐거운 일로 가득 채워야겠다고. 그래서 10년 뒤 진짜로 '타임퀘이크'가 일어난데도 기꺼이 지나온 시간을 반복하겠다고. 이런 마음으로 하루하루를 살아야겠다고.

산보하시나요.
산보할 시간이 있나요.
산보할 장소가 있나요.

00:60

황정은, 『일기』
(창비, 2021)

굳이 분류하자면 걷기에는 세 종류가 있을 것 같다. 몸을 다스리고자 걷기, 마음을 다스리고자 걷기, 그냥 걷기. 첫 번째 걷기에는 올바른 자세가 필요하다. 순전히 개인적인 관점이지만 두 번째와 세 번째 걷기의 차이는 '산책'과 '산보'의 차이라 하겠다. 산책에 특별한 자세는 필요 없지만 푸른 숲이나 공원처럼 마음을 정화시켜 주는 편안한 주위 환경은 필요하다. 그러나 산보에는 특별한 자세도 특별한 환경도 필요치 않다. 그냥 걸으면 된다.

나는 세 번째 걷기, 즉 '산보'파라 할 수 있다. 하루 만 보정도 걷는 것 같은데, 대부분 일상 속에서 쌓이는 걸음이다. 산보의 가장 좋은 점은 당연히 시간도 장소도 따질 필요가 없다는 것이다. 회의하러 갈 때도 지인을 만나러 갈 때도 무언가를 사러 갈 때도 나는 한두 정거장 전에 내려서 목적지까지 걸어간다.

산보는 오늘도 건강하게 살았다는 자족감을 안겨 준다. 얼마 전 한 신문에서 올바르게 걷지 않으면 건강에 하등 도움이 안 된다는 기사를 보고 김이 새 버렸지만, 아무리 그렇다 해도 걷지 않는 것보다는 낫지 않겠는가. 이에 더해 산보는 낯선 곳의 삶의 시간을 엿보는 즐거움도 누리게 해 준다. 내가 생각하는 산보의 진짜 매력은 바로 여기에 있다.

주위가 숲과 공원처럼 청량한 배경화면이 아닐지라도 저마다의 삶의 서사가 서린 배경화면은 짙은 울림으로 다가온다. 시 「방문객」에서 "사람이 온다는 건/ 실은 어마어마한 일이다. (…) 한 사람의 일생이 오기 때문이다"라고 쓴 정현종 시인의 표현을 빗대자면, 그 배경화면을 엿보는 시간은 한 사람의 인생과 마주하는 실로 어마어마한 시간이다. 그래서 오늘도 산보를 한다. 그 사람들의 묵묵하지만 위대한 삶의 시간을 배우고 싶어서.

모든 술집이
문 닫은 시간에도 술을
마시겠다며 파도처럼
밀려든 주정뱅이들이
백사장 곳곳에
흩뿌려져 있는 바닷가.

00:61

김혜경, 『아무튼, 술집』
(제철소, 2021)

『드링킹, 그 치명적 유혹』에서 캐롤라인 냅은 이런 말을 한다. "혼술은 자신을 방어하는 행위로 자신의 거죽을 쓰고 살아가는 것이 힘겨울 때 혼자서 술을 마신다." 알코올의 집착과 치유에 관한 이 에세이는 분명 매혹적이지만, 혼술 예찬론자로서 나는 저자의 '혼술관'에 마냥 동의하진 못하겠다.

우리는 너무 몰려다닌다. 혼자의 시간에 인색하다. 술자리에서도 몰려다닌다. 도시인으로 살 때 바다에 놀러 가면 마지막 술자리는 흔히 백사장이었다. 백사장으로 우르르 몰려가 웃고 떠들며 노래를 불렀고 때로는 호기롭게, 아니 무모하게 밤바다에 뛰어들기도 했다. 그런데 바다인으로 살다 보니 이런 도시인의 행태가 조금은 못마땅하게 느껴지기도 한다.

한 달에 보름쯤 바다에서 사는데, 그때 종종 혼술을 한다. 혼술이라고 대화 상대가 없지는 않다. 혼술을 할 때면 나와 대화를 나눈다. 그 대화는 스스로에게 약속하는 시간이며, 스스로 각오를 다지는 시간이다. 그러니까 캐롤라인 냅처럼 자신을 방어하기 위해 혼술을 하는 것이 아니라는 뜻이다.

취기를 머금고 집으로 돌아가는 길에 그 약속과 각오를 저녁 파도가 밀려오는 바다에 부끄럽게 고백하곤 한다. 바다에 기대는 이 시간은 내가 다시 내게로 돌아오는 관조의 시간이다. 그런데 백사장에서 술자리는 나의 시간을 산산이 조각낸다. 그러면 바다인으로서의 삶의 시간을 도시인들의 유흥의 시간에 쓸쓸히 내주고 집으로 향해야 한다.

하기야 오랜만에 바다에 왔으니 바다의 정취를 마음껏 누리고, 바다의 추억을 마음껏 새기고 돌아가는 것이 맞겠다. 그렇지만 오물을 백사장에 그대로 내팽개치고 돌아가는 오물 같은 짓만은 안 했으면 좋겠다.

만약 시간 내 달리지
못했다고 해도 할 수
있는 한도 내에서
실력을 발휘했다는
만족감이라든가,
다음 레이스로 이어지는
긍정적인 효과가 있다면,
또 뭔가 큰 발견 같은
것이 있다면, 아마도
그것은 하나의 달성이
될 수 있을 것이다.

00:62

무라카미 하루키,『달리기를 말할 때 내가 하고 싶은 이야기』
(임홍빈 옮김, 문학사상, 2009)

다시 1일이다. 이번 달에는 무슨 일이 있어도 『시간의 말들』 원고 스무 꼭지를 쓰고야 말겠다는 목표를 세워 본다. 목표를 이루려면 시간 계획도 같이 세워야 한다. 우선 마음에 드는 책이나 영화를 고르고 그 속에서 시간의 문장들을 찾아내야 하는데, 이 시간은 꽤나 재미있지만 시간도 꽤나 든다. 하루 일과 가운데 집과 동네 도서관에 꽂혀 있는 책들을 보물찾기 하듯이 뒤지는 시간을 따로 떼 놔야 한다.

그러고 본격적인 레이스에 들어간다. 노트북을 켜고 원고지 다섯 장의 구간을 세 시간 안에 주파하겠다는 작은 목표를 세운다. 세 시간에 원고지 다섯 장이 뭐가 그리 힘드냐고? 평균 시속이 느린 나로서는 무척 고난한 일이다. 이렇게 저렇게 글을 써야겠다고 구상을 해 놨음에도 레이스는 뜻대로 진행되지 않는다. 몇 번씩 방향이 뒤틀리고 바뀐다. 그나마 완주하면 다행인데 중도 포기도 많다. 레이스 도중 돈을 벌어 보지 않겠냐는 전화가 오면 몸도 마음도 당장 그쪽으로 쏠린다(어쩔 수 없다, 먹고는 살아야 하니). 30분만 앉아 있어도 좀이 쑤시는 산만함과 술이나 한잔하자는 유혹에 굴복하고 마는 가벼움도 커다란 장애물이다.

다시 월말이다. 목표는 이루지 못했다. 예상치 못한 개인사도 겹쳐 스무 꼭지는커녕 열다섯 꼭지도 간신히 채웠다. 그러나 그 나름대로 괜찮은 레이스였다. 정해 놓은 시간 안에 골인 지점에 들어오진 못했어도 과정에서 만족도는 높았다. 자주 들르는 도서관의 밥은 여전히 맛있었고, 새롭게 찾은 카페의 커피 향도 좋았다. 나만의 생각인지는 몰라도 글도 조금은 나아진 것 같다.

이제는 컨디션을 회복해야 할 시간, 발걸음을 좀 더 가볍게 한다. 그리고 다음 레이스에서는 꼭 스무 꼭지를 쓰고야 말겠다는 목표를 다시 세워 본다.

새벽 두 시는 모든
사건이 지나가버린
시간의 맨 끝과
찾아올 시간의 맨 앞
사이에 놓여 있다.

00:63

유희경,『반짝이는 밤의 낱말들』
(아침달, 2020)

프리랜서에게 새벽 두 시는 잠자리에 들기 딱 좋은 시간이다. 하루 평균 수면 시간을 여섯 시간에서 일곱 시간으로 칠 때, 출근 시간이 정해져 있지 않은 프리랜서는 두 시에 자면 여덟 시나 아홉 시쯤 일반인처럼 하루 일과를 시작할 수 있기 때문이다. 반면 열두시나 한 시, 세 시나 네 시에 잠자리에 들면 하루 일과가 너무 빨라지거나 너무 느려진다.

잠자리에 드는 시간은 하루의 변곡점이 되는 시간이다. 하루의 모든 사건이 지나가 버린 맨 끝의 지점에서 오늘을 찬찬히 되돌아보는 순간이다. 빛도 소음도 잦아든 시간, 모든 것이 고개 숙인 시간, 적요로 가득한 새벽 두 시는 오늘 하루를 검토하고 마감하기에 가장 알맞은 시간이다.

하지만 오늘이 쉽게 마감되지 않는 날이 있다. 능멸을 겪었던 하루, 그 수치심이 욕지기처럼 치밀고 지워지지 않는 흔적으로 남은 하루. 이런 날은 잠자리가 변곡점이 되지 못한다. 부끄러움 혹은 괴로움이 지속되어 전전반측의 밤을 보낸다. 간신히 잠의 세계로 틈입한다 해도 사납고 우울한 꿈자리와 만나게 된다.

그래서 잠자리라는 곳의 성격을 바꿔 본다. 뭐 새벽 두 시도 좋고 아니라도 좋다. 어느 시간에 잠자리에 들든 그 시간을 모든 사건이 지나가 버린 맨 끝이 아니라 새로운 사건이 찾아올 맨 앞의 시간으로 뒤집어 본다. 이렇게 하루의 시작을 아침 대신 한밤중 혹은 새벽으로 전환하면, 잠자리에 어제의 능욕이 비집고 들어올 틈이 없다. 분주한 아침에는 하루의 계획을 세우는 일 말고 다른 곳에 신경 쓸 틈이 없는 것처럼.

수치심을 이불 밖으로 밀어내고 내일의 기대감을 이불 안으로 잡아당기는 긍정의 잠자리 시간, 그 뒤에는 다정한 꿈자리 시간도 자연스레 따라오리라.

연구자들은 진정한
전문가가 되기 위해
필요한 '매직 넘버'에
수긍하고 있다. 그것은
바로 1만 시간이다.

00:64

말콤 글래드웰, 『아웃라이어』
(노정태 옮김, 김영사, 2019)

경영 저술가 말콤 글래드웰은 '재능은 성공의 필요조건이지 충분조건은 아니'라고 주장한다. 모차르트, 비틀스, 빌 게이츠도 재능만으로 일가를 이룬 게 아니라는 뜻이다. 재능에 더해 환경과 노력이 필요한데, 1만 시간은 전문성을 낳을 수 있는 최소한의 '매직 넘버'라고 말한다. 그렇다면 과연 1만 시간은 어느 정도의 길이일까? 전문성을 키우기 위해 하루도 빼놓지 않고 3시간씩 투자했을 때 무려 10년이란 세월이 소요되는 시간이다. 무척이나 길고 어려운 시간이지만 모두에게 인정받는 전문성만 확보할 수 있다면 이 '매직 넘버'에 기꺼이 올인하겠다.

하지만 시간이 침범할 수 없는 영역도 분명 존재한다. 조향사 에르네스트 보가 구축한 영역처럼. 에르네스트 보는 그 누구도 따라올 수 없는 향에 대한 직관으로 향수의 걸작 '샤넬 No.5'를 탄생시켰다. 지금도 전 세계에서 30초마다 한 병씩 팔려 나간다는 이 전설의 향기는 한 개인의 타고난 직관의 산물이다. 그러나 글래드웰은 이렇게 주장할 것 같다. 이 직관조차 1만 시간의 노력을 만나지 못했다면 빛을 발할 수 없었을 거라고.

아무튼 조금은 뻔한 결론. 아무리 탁월한 재능도 각고의 노력 없이는 성공으로 이어지지 못한다는 얘기다.

나는 어떨까. 1만 시간의 노력을 통해 나만의 일가를 이뤄 낸 영역이 있을까? 있다, 혼자 놀기! 혼자 보고 읽고, 혼자 울고 웃고, 혼자 먹고 마시고, 혼자 걷고 쉬고. 1만 시간이 무언가, 그 이상의 시간을 투자해 나는 사회라는 관계와 적당히 연결돼 있으면서도 혼자 아주 잘 논다. 스스로와 친해지는 시간만큼은 그 누구에게도 뒤지지 않는다. 그런데 이걸 자랑이라고 하기엔 좀…… 그래서 말인데, 앞으로는 이 혼자 잘 노는 능력을 통해 어떤 유형의 결과물을 만들어 봐야겠다는 생각도 곁들여 본다.

기다림을 많이 심어둔
날에는 하루하루
기다렸던 것들이
도착하는 재미로
시간을 건너게 된다.

00:65

서윤후, 『그만두길 잘한 것들의 목록』
(바다출판사, 2021)

혼자 잘 놀려면 기다릴 줄 알아야 한다. 혼자 노는 시간에 즐거움이 많으려면 기다림의 시간이 많아야 한다. 기다림의 시간은 두 가지를 수반한다. 기대감과 집중력이다.

혼자 놀기로 마음먹은 날, 아침에 가장 먼저 할 일은 기다림의 목록을 심어 두는 것이다. 거창할 필요는 없다. 목록이 너무 무거우면 혼자 놀기가 아니라 혼자 애쓰기가 되고 만다. 좋아하는 스포츠나 드라마가 시작하는 시간을 적어 놓고, 그날따라 유독 당기는 음식과 풍경을 선별해 두는 정도면 적당하다. 이렇게 오늘 하고 싶은 일들을 정하고 나면 기다림의 시간은 마치 크리스마스를 기다리는 마음처럼 한껏 부풀어 오른다.

그 다음부터는 또 다른 의미에서 마음이 진정되지 않는다. 기다렸던 것들이 도착하는 시간까지 주어진 일을 끝내야 하기 때문이다. 평상시에 늘어졌던 자세를 곧추세운다. 다급하게 일에 몰두한다. 기다림의 시간이 가져다주는 놀라운 집중력이다.

이렇게 일이 끝나면 아침에 심어 두었던 기다림의 열매를 수확하러 나간다. 오늘은 맛도 좋고 가성비도 좋은 서울 독립문 근처 시장의 베트남 식당을 목록에 올려놨다. 여섯 시가 지나면 사람이 몰리니 서둘러야 한다. 좀 이른 저녁을 먹고 걷는 시간. 이 무렵에 그 근처를 걷기는 홍파동 길이나 청운동 길 아니면 충정로 뒷길이 제격이다. 도시 한복판이면서도 사람이 없고 한적해 혼자서 어스름 녘을 데리고 놀기에 딱 좋다.

그러나 오늘의 기다림은 아직 끝나지 않았다. 집에 가서 낮에 중계했던 대학농구를 봐야 한다. 벌써 유튜브에 도착해 있을 것이다. 재미를 더하고자 승부 확인도 안 했다. 집에서 나오는 시간에 혼자 놀 생각으로 설렜듯이 집으로 돌아가는 시간에도 같은 생각으로 여전히 설렌다.

'개인 사업자'는
멋지지만 무시무시한
단어이다. 개인이 하는
사업이니, 일어나는
모든 일은 사업자
본인의 책임이다.
시간은 그야말로
돈이요, 목숨이다.

00:66

권석천, 『사람에 대한 예의』
(어크로스, 2020)

『시간의 말들』 원고를 쓰면서 프리랜서의 삶을 자주 소재로 다뤘다. 시간을 내 멋대로 자유롭게 쓰면서 경제활동을 할 수 있다는 것은 분명 멋진 일이다. 그러나 모든 프리랜서가 그렇지는 않다.

프리랜서 하면 흔히 작가, 아나운서, 디자이너, 프로그래머 등등을 떠올린다. 그런데 프리랜서는 이런 직종뿐이 아니다. 최근에는 택배 기사님, 대리운전 기사님, 배달 라이더 등 비정규직 프리랜서 노동자도 끊임없이 늘고 있다. 그들에게 "시간을 자유롭게 쓸 수 있어 좋겠다"는 말을 건네는 것은 일종의 모독이다. 할당된 물건을 러시아워 전에 모두 돌리기 위해, 한 건이라도 더 대리운전을 하기 위해, 짜장면이 왜 불어터졌냐는 투정을 듣지 않기 위해 그들은 도시에서 시간과 처절한 사투를 벌인다.

프리랜서의 어원은 무기 '창'을 뜻하는 단어 'lance'이다. 십자군 전쟁을 비롯하여 전쟁이 빈번하던 중세 시대에 창 잘 다루는 병사가 특정 주인에게 소속되지 않고 자유롭게 옮겨 다녔는데, 이러한 형태가 오늘날 프리랜서라는 개념으로 정착된 것이다. 그러니까 프리랜서는 한마디로 '계약 용병'인 셈이다.

이들 '계약 용병'은 개인 사업자다. 좋게 얘기하면 모든 것을 개인 마음대로 할 수 있는 사업자다. 따라서 모든 책임도 개인이 져야 하는 사업자다. 갑자기 일이 없어져도, 일을 하다가 온갖 모욕을 당해도, 고꾸라지고 피를 토해도 스스로 책임져야 하는 사업자다. 기업들이 이익을 더 많이 남기기 위해 '계약 용병' 비율을 높이고 있다 하니 은근히 부아가 치민다.

나 역시 '계약 용병'으로서 엘리베이터에서 물건을 배달하고 음식을 배달하는 '계약 용병'을 만나면, 최대한 열림 버튼을 길게 눌러 주며 동지애를 발휘한다. 그들에게는 그야말로 시간이 돈이고 목숨이기 때문이다.

진심은, 늘 조금 늦게
오는 것 같다. 문제는
진심을 생의 모든
시간으로 확장시키질
못한다는 것이다.

00:67

이영광, 『나는 지구에 돈 벌러 오지 않았다』
(이불, 2015)

국회의원, CEO, 나이 많은 배우, 나이 어린 아이돌, 축구 선수, 씨름 선수, 가깝게는 아파트 자치회장, 초등학교 동문회장까지도 하나같이 이렇게 약속한다. "초심을 잃지 않겠습니다."

좀처럼 이해가 안 가는 말이다. 초심을 잃으면 왜 안 되는 거지? 마음이 변하는 건 당연한 일인데, 왜 변하지 않겠다는 거지? 처음 마음보다 더 근사한 마음이 다가오면 당연히 그 마음을 낚아채야 할 텐데, 왜 처음 마음만 품고 있겠다는 거지?

아마도 처음 마음이 진실에 가장 가까운 마음이라고 믿기 때문에 이렇게 약속하는 듯하다. 하지만 첫 시작에 가졌던 마음은 겸손하고 순수한 마음이지 진실한 마음이라 할 수는 없을 것 같다. 진실은 겸손과 순수의 시간 속에서 찾아지지 않는다. 어쩌면 더럽고 치사하고 아니꼬운 시간 속에서 찾아진다. 희뿌연 시간이 너무도 흘러 마침내 자포자기한 패닉 상태에 빠지고 난 다음에야 진실의 문이 열리는 경우를 우리는 수없이 목도한다.

"말심末心을 잃지 않겠습니다." 누구에게도 이러한 약속을 들어 보지 못했지만, 누군가가 이렇게 말하면 훨씬 진실해 보일 것 같다. '말심'은 말 그대로 마지막에 찾아오는 마음이다. 서툴고 성급하고 무모했던 시간을 다 겪고 난 다음에 발견한 마음 한 자락. 그것이 바로 '말심'이자 진심이라 하겠다. 더 이상 갈 곳도 없고 떨어질 곳도 없는 시간에 찾아와 줘서 더욱 소중한 마음. 이 진짜 마음을 생의 모든 시간으로 확장해 나가고 싶다. 그런데 너무 지쳐 버렸다. 몸도 마음도 따라 주지 않는다.

이 절박한 시간에 다시 약속을 한다. 진심을 건져 내느라 너무 소진했지만, 앞으로의 시간에서 모든 힘을 짜내 '말심'을 잃지 않도록 하겠다는 진짜 약속을 한다. 이 결연함은 생의 마지막까지 지켜야 할 가장 소중한 약속일 테다.

노래를 듣는 동안이나마
우리는 가까스로 희망을
품는다. 사랑도 하고
이별도 겪는다. 겨우 3분
동안, 무려 3분이나.

00:68

서효인, 『아무튼, 인기가요』
(제철소, 2020)

회의에 가는 중이었다. 내가 쓴 광고 카피의 방향이 제대로 됐는지 아닌지를 평가받는 자리였다. 평소 대중교통을 이용하지만 늦을 것 같아 차를 몰고 나왔다. 판단 착오였다. 무슨 시위를 하는지 갑자기 거리가 꽉 막혔다. 차도 정체됐고, 시간도 정체됐다. 시위대의 구호만 노래의 후렴구처럼 끝없이 반복됐다. 거리에 시간이 버려졌다.

준비해 온 광고 카피가 별 볼일 없다 보니 더욱 불안했다. 나의 불안과 거리의 소음을 낮추기 위해 라디오 볼륨을 높였다. 잠시 후, 그 노래가 흘러나왔다. 오래전부터 알고 있던 노래였다. 하지만 그날따라 멜로디도 가사도 유독 또렷하게 들렸다. 그 노래는 내게 이렇게 얘기하고 있었다. "너는, 너 혼자만의 시간, 너 혼자만의 세상에 살고 있니?"

그 노래가 끝나고 나서 차창을 내렸다. 그제야 그들이 이 시간에 왜 거리에 있는지 알게 되었고, 그들의 구호도 노래 가사처럼 또렷하게 들리기 시작했다. 그들은 특수학교 설립을 바라는 장애 학생들의 부모였다. 그 노래를 듣기 전까지 그들의 간절한 호소는 내게 그저 소음일 뿐이었다.

그날 회의는 망쳤다. 광고 카피도 엉망으로 써 왔으면서 지각까지 하면 어떻게 하느냐는 따가운 눈초리를 받았다. 하지만 그날 이후로, 누군가 길을 가로막고 시위를 하면 불편함을 따지기 전에 그 이유를 먼저 들여다보는 습관이 생겼다. 이런 게 공감 능력이란 것 아니겠는가. 겨우 3분 동안, 아니 무려 3분의 노래 서사가 선물해 준 작은 가르침이었다.

아, 그날 나의 버려진 시간을 아주 의미 있는 시간으로 바꿔 준 그 노래는 시인과 촌장의 「좋은 나라」였다. '당신과 내가 좋은 나라에서/ 그곳에서 만난다면' 이런 가사로 시작하는 바로 그 노래.

이야기는 내부에 자신을
그러모아 간직하고
있으며, 오랜 시간이
지난 뒤에야 펼쳐지는
능력을 갖고 있다.

00:69

발터 벤야민, 『일방통행로/사유이미지』
(최성만·김영옥·윤미애 옮김, 길, 2007)

전에 다니던 광고 회사 선후배와 오랜만에 모였다. 한 선배가 자기가 이제까지 만든 광고물을 클래식 곡에 대입하여 소개하는 에세이를 써 볼까 한다고 말했다. 그러자 난리가 났다. "그게 되겠어요?" "그런 책이 하나 둘인지 아세요?" "차라리 광고 카피 한 줄 더 쓰는 게 어때요?" 다들 마케팅 경력자들인지라 저마다 열심히 분석하고 예측하고 조언했다.

선배가 다시 말했다. "꼭 책을 내겠다는 건 아니고. 내가 살아온 시간에 대해 뭔가 이야기를 남기고 싶은 생각이 들어서."

사람은 두 부류로 나눌 수 있을 같다. 평범한 시간을 평범함으로 끝내는 사람과 평범한 시간 속에서도 평범하지 않음을 애써 찾아내는 사람. 첫 번째 부류는 그저 정보를 남기는 사람이다. 묘비에 생의 연월일과 몰의 연월일만을 새기는 사람. 두 번째 부류는 이야기를 남기는 사람이다. 사람들의 마음에 무언가를 새기는 사람. 많은 사람이 당연히 후자를 꿈꾼다. 그러면서도 시작해 볼 용기조차 내지 않는다. 그 자격지심에 누군가가 평범하지 않으려 하면 벌 떼처럼 달려들어 할퀴고 물어뜯는다.

선배의 말은 정답이었다. 꼭 책이 아니어도 이야기를 남길 매체는 정말 많다. 블로그도 있고, 인스타도 있고, 페이스북도 있다. 우리는 이런 시대에 살고 있다. 벤야민에 의하면 정보는 그것이 새로웠던 순간이 지나면 가치가 사라진다. 이야기는 다르다. 이야기는 내부에 자신을 그러모아 간직하고 있다가 오랜 시간이 지난 뒤에 펼쳐지는 능력을 발휘한다.

그러니 할퀴고 물어뜯을 시간이 있다면, 그 시간에 소소할지라도 내가 살아간 흔적을 남겨 두는 편이 백번 낫다. 그래야 훗날, 먼 훗날에 '묘비'로 기억되지 않고 '마음'으로 기억될 테니까.

과거는 지나갔지만
시간은 달력 속에서
다시 돌아온다는
점에서 달력은 시간의
영원회귀를 가능하게
하는 마술 책이다.

00:70

함돈균,『사물의 철학』
(난다, 2023)

연말 모임에 다녀올 때마다 아버지는 옆구리에 끼고 있던 돌돌 말린 달력을 내놓았다. 우리는 무슨 의식을 치르듯 두근거리는 마음으로 달력을 펼쳤다. 그러면 눈 속에 깊이 묻힌 오두막집 따위의 이국적인 풍경이 황홀하게 돋아났다. 하지만 내가 좋아하는 풍경이 담긴 달력은 여전히 돌돌 말린 채 구석에 남겨졌다. 대신 큰 회사, 큰 은행 이름이 새겨진 달력이 벽에 걸렸다. 달력은 한 집안의 위세를 은근히 과시했다.

언젠가부터 벽 달력보다 탁상 달력이 대세가 되었다. 아마도 핸드폰에 캘린더 기능이 생기고부터가 아닌가 싶다. 벽에서 책상으로 내려온 달력에는 메모 기능까지 덧붙었다. 크고 작은 스케줄을 탁상 달력에 적어 두고 시간을 계획하고 실천했다.

그러나 내밀한 스케줄까지 탁상 달력에 기록할 수는 없다. 이를테면 남들과의 약속이 아닌 나와의 약속 같은 것, 고백 같은 것, 다짐 같은 것. 그 내밀한 시간은 나만이 볼 수 있는 달력인 다이어리에 기록된다. 다이어리 속의 시간은 과거에 머물지 않는다. 문보영 작가는 에세이집 『불안해서 오늘도 버렸습니다』에서 다이어리를 들여다보면 "다 살아 내지 못한 작년이나 재작년들만 수북하다"라고 고백하며 "그것을 끌어다 올해에 다시 살자"고 다짐한다. 이처럼 다이어리 속의 흘러간 시간은 지금의 나를 깨우고 다시 일으켜 세우는 현재의 시간으로 회귀된다.

그러니까 지금 다이어리에 무언가를 쓰는 것은 회귀된 현재에서 한 걸음 더 나아가 미래를 쓰는 일. 앞으로 펼쳐질 시간을 절대로 허투루 살지 않겠다고 각오를 다지는 일이다.

모든 작곡가는 시간이
없어 적지 못한
아이디어를 잊어버리는
데에서 비롯되는 고뇌와
절망을 알고 있다.

00:71

루이 엑토르 베를리오즈

생각은 꼭 이럴 때 잘 난다.

버스를 타고 어디를 갈 때, 깊어지는 밤에 산책을 할 때, 영화를 보기 전 어둠 속에 있을 때, 샴푸 칠을 하고 머리를 감을 때, 화장실에 앉아 있을 때, 윗사람에게서 쓸데없는 얘기를 들을 때, 러닝머신을 달릴 때, 물리 치료나 치과 치료를 받을 때, 무거운 짐을 들고 집으로 돌아올 때, 현실과 꿈속을 오고 갈 때, 연필도 없고 메모지도 없을 때, 그 생각을 적을 시간이 없을 때.

그 생각을 잃어버리기 싫어 꽁꽁 여며 두지만, 일순간 딴생각을 하다 보면 그 생각은 어느새 기억의 담장을 훌쩍 넘어 달아나고 만다. 애써 쫓아가 보지만 소용없다. 연기처럼 흔적 없이 사라져 버린다. 정말 끝내주는 아이디어였는데…… 그럴 때면 (베를리오즈와 같은 거장이 아니다 보니 고뇌와 절망까지는 아니더라도) 꽤나 착잡하고 침울해진다.

연필과 메모지를 가까이 두는 시간은 넘치면 넘칠수록 좋다.

똑 딱 똑 딱.
시계는 제한시간이
다 되어 가고 있음을
알리면서, 시간의 깃발을
더욱 의기양양하게
들어올린다.
빨리. 시간과의 싸움에서
진다는 건 너무나도
어처구니없는 일 아닌가!

00:72

베르나르 베르베르, 『뇌』
(이세욱 옮김, 열린책들, 2002)

시간이 정해져 있다는 것은 종종 예기치 못한 일을 동반한다. 바둑이나 체스 같은 두뇌 게임에서는 제한시간에 몰려 전세가 역전되는 일이 허다하다. 내내 우세하다가도 시간에 쫓겨 두지 말아야 할 수를 두고는 마지막 순간에 고개를 떨군다. 시간에 지고 마는 것이다.

오래전에 『48시간』이라는 영화를 보았다. 48시간 안에 범인을 체포하지 못하면 오히려 자신이 교도소에 갈 운명에 처한 형사의 이야기다. 그런데 나의 삶도 형사의 상황과 별반 달라 보이지 않는다. 우물쭈물하다가는 인생의 제한시간에 걸린 채 타나토스의 감옥에 영영 수감될지도 모를 일이다.

사실, 제한시간이 없다면 무언가를 할 필요가 없다. 시간이 차고 넘치는데 굳이 무언가를 왜 한단 말인가. 귀찮게. 하지만 무한정으로 흐르는 시간은 너무나 무료하고 건조하다. 스토리 분석가 로널드 B. 토비아스는 『인간의 마음을 사로잡는 스무 가지 플롯』에서 드라마의 긴장감이 강화되려면 반드시 시간과 공간에 제한이 있어야 한다고 지적한다. 시한폭탄이 설치된 빌딩, 그곳에서 30분이란 주어진 시간 안에 탈출해야 하는 플롯처럼.

대부분 영화에서 주인공은 그 상황을 슬기롭게 이겨 낸다. 자신뿐 아니라 수많은 사람을 이끌고 폭탄이 터지기 전에 빌딩 탈출에 성공한다. 시간과의 싸움에서 결코 지지 않는다. 그래서 더 드라마틱하다. 내 인생도 이러면 좋겠다. 인생이란 주어진 시간 안에서, 내가 두고 싶은 수를 마음껏 둘 수 있으면 좋겠다. 하루하루에 긴장감을 불어넣으며 나만의 드라마를 만들어 갈 수 있으면 좋겠다.

"늙음은 상실한 세월의 허망함이 아니다. 헛되이 보낸 청춘의 앙갚음이다." 쇼펜하우어의 말이다.

음악은 기억을 추려 엮은
일람이다. 처음 들을 때
깊은 인상으로 다가온
음악은 삶에 커다란
시간의 흔적을 남긴다.

00:73

존 마우체리, 『클래식의 발견』
(장호연 옮김, 에포크, 2021)

아버지는 스포츠 관람을 좋아했다. 특히 농구 광팬이었다. 아버지를 따라 종종 농구를 보러 다녔다. 평소 다감하지 않은 아버지였지만 경기장에서는 달랐다. 농구 규칙과 선수들 장단점을 하나하나 자상하게 설명해 주었다. 아버지의 숨결이 고스란히 느껴지던 그 시간은 지금도 내 삶에 꽤나 짙은 흔적으로 남아 있다.

아버지는 클래식도 좋아했다. 카세트테이프에 클래식 곡을 녹음해 자동차에서 늘 들었다. 주로 웅장한 교향곡이었고 때때로 소품 같은 곡도 끼어 있었다.

그날 우리가 응원하던 팀은 39분을 지다가 1분을 남기고 극적인 역전승을 거뒀다. 집으로 오는 길에 아버지는 여운이 가시지 않은 듯 스피커에서 흘러나오는 클래식 곡을 따라 흥얼거렸다. 교향곡이 끝나자 잔잔한 피아노 소품이 이어졌다. 제목이 궁금해 뭐냐고 물었더니 아버지는 제목은 말해 주지도 않고 "무언가가 참 가슴에 와닿지?"라고 얼버무리는 것이었다. '왜 이러시지? 모르면 모른다고 하면 될 것을.' 평소 나에게는 있는 그대로 솔직한 태도를 요구하던 아버지라 조금은 실망했던 것 같다.

대학교에 들어가서는 수업이 비는 시간에 가끔, 아주 가끔 음악 감상실을 찾곤 했다. 봄바람이 너그러웠던 어느 날, 딱히 갈 곳이 없어 음악 감상실에 갔다. 아버지와 자동차에서 같이 들었던 그 곡이 흘러나오고 있었다. 처음 들을 때 워낙 깊은 인상으로 다가온 음악이라 그 선율을 똑똑히 기억하고 있었다. 나는 서둘러 선곡 목록을 뒤졌다. 아, 그 곡의 제목은 멘델스존의 「무언가」無言歌 중 '봄 노래'였다.

내 삶에 커다란 시간의 흔적을 남긴 「무언가」, 이 곡을 들을 때마다 지금은 세상에 없는 아버지에게 이런 말을 건넨다. '아버지 오해해서 미안해요. 그런데 무언가가 참 가슴에 와닿네요.'

"말은 나 혼자서
하는 게 좋아. 그러면
시간도 절약되고
논쟁할 필요도 없거든."

00:74

오스카 와일드, 「특출한 로켓 불꽃」, 『오스카 와일드, 아홉 가지 이야기』
(최애리 옮김, 열린책들, 2015)

오스카 와일드는 어떤 자리에서도 말을 많이 하는 사람이었던 것 같다. 인터넷 백과사전 인물평을 살펴보니 사교계의 화려한 존재였으며 좌담과 강연에도 능했다고 한다. 말발이 보통이 아니었던 모양이다.

어떤 모임이든 말발 좋은 사람이 필요하다. 심리학자 마티아스 멜의 연구에 따르면, 가장 말이 없는 사람은 하루 평균 695 단어를 사용하는 반면 가장 말이 많은 사람은 하루 평균 47,016 단어를 사용한다고 한다. 695단어를 사용하는 사람은 한 시간에 고작 28단어만 말할 뿐이지만, 47,016단어를 사용하는 사람은 한 시간에 무려 1,959단어를 말하는 것이다. 이런 사람 한 명만 끼어도 분위기가 서먹하거나 시간이 무료해질 리 없다. 그의 수다에 고개만 끄덕여 주면 되니 말이다. 또한 쓸데없는 논쟁에 시간을 소모하지 않아도 된다. 그가 알아서 다 교통정리를 해 줄 테니까.

문득 오스카 와일드의 MBTI가 궁금해진다. 당시 MBTI가 있었을 리 없지만, 후대 사람들의 호기심은 오스카 와일드를 ENFP 유형으로 분류해 놓았다. 나는 INFP 유형이다. 오스카 와일드와 'E'와 'I'만 다를 뿐인데 나는 전혀 사교적이지 못하다. 지식도 당연히 부족하거니와 대인공포증까지 있어 좌담이나 강연의 무대에 서기가 두렵다.

그런 소심한 나도 나 혼자 떠드는 경우가 종종 있다. 대화와 대화의 간극에 침묵이 흐르는 시간이다. 갑자기 몰려든 그 어색함의 시간을 도저히 견딜 수 없어 아무 말이나 나오는 대로 내뱉는다. E 유형은 자신감에 혼자 떠들지만 I 유형은 어색함에 혼자 떠든다.

성격과 별개로, 어떤 시간의 특정함 때문에 사람들은 이렇듯 혼자 떠든다.

시간을 되돌린대도 나는
같은 선택을 할 것이다.
아버지의 하루와 나의
하루는 전혀 다른 속도로
흘러가기 때문이다.

00:75

김봄, 『좌파 고양이를 부탁해』
(걷는 사람, 2020)

직장 생활을 처음 시작했을 때 만난 상사가 계시다. 곧 퇴직을 앞둔 옆 부서 말년 부장님이었는데 같은 통근버스를 타고 다니다 친해지게 됐다. 나이 차이가 워낙 많이 나서 공통분모가 없지 싶었지만 잘 맞춰 보니 비슷한 취미가 있었다. 그분도 나도 미식축구를 좋아했다. 통근 시간이 꽤나 길었으나 지루하지 않았다. 둘이서 주말에 본 NFL(미국 미식축구 리그) 얘기를 하다 보면 버스 창밖 풍경은 어느새 회사 근처였다.

오랜만에 그분과 다시 만났다. 시력도 집중력도 예전 같지 않아 미식축구를 잘 못 본다 하셨다. 다른 좋아하는 것들도 하나둘씩 멀어졌고, 그러다 보니 하루하루는 정말 긴데, 일 년은 왜 이리 순식간에 사라져 버리는지 모르겠다고 하셨다. 괜히 짠해 집까지 모셔다 드리겠다고 했다. 좌석버스를 타고 가는 길에 아주 오랜만에 미식축구 얘기를 나눴다. 우리의 최애팀인 시애틀 시호크스가 올 시즌 형편없다 하니 한숨을 푹 내쉬셨다. 두 번째로 아끼는 샌프란시스코 포티나이너스가 플레이오프에 진출했다 하니 자세를 고쳐 잡으셨다.

그날 그분의 하루는 지겹지 않았던 것 같다. 인사를 드리고 돌아서려는데 그분의 목소리가 들려왔다. "다음에도 미식축구 얘기해 주면 안 될까?" 얼떨결에 이런 말이 나오고 말았다. "또요?"

나의 오늘은 어제와도 내일과도 그 속도가 비슷할 것이다. 하지만 그분의 오늘은 그렇지 않을 것이다. 나와 그분의 하루 시간은 다른 속도로 흐른다는 걸 그분의 면구스러워하는 표정에서 문득 느낄 수 있었다. "당연히 그래야죠." 내 대답에 그분은 비로소 표정을 바꾸고 어린아이처럼 환히 웃으며 돌아서셨다. 그 뒤에서 나는 이렇게 속삭여 드렸다.

"남은 인생, 늘 좋은 시간 되세요."

작은 호의는
다른 곳에서보다 오래
효력을 유지한다.

00:76

정세랑, 『피프티 피플』
(창비, 2021)

가끔씩 혼술을 하러 가는 식당이 있다. 가격이 참 착하다. 그날그날 주인아저씨 기분에 따라 달라지는 안주가 겨우 만 원이다. 어느 때는 푸짐한 생선구이, 어느 때는 물회, 또 어느 때는 돼지 두루치기와 계란 프라이. 밑반찬도 정성이 가득하고 맛깔스럽다.

이 집의 또 한 가지 재미는 아저씨가 DJ 역할까지 한다는 것. 유튜브로 음악 듣는 취미에 푹 빠졌다며, 손님이 노래를 신청하면 요리하는 틈틈이 그 곡을 찾아 틀어 준다. 하지만 규칙이 있다. 흘러간 옛 노래는 절대 취급 안 한다. 그러다 보니 다양한 연령대가 이 식당을 찾는다.

나는 남이 신청하는 노래만 듣는 축이었다. 그런데 기분이 바닥이었던 그날은 술이 한잔 들어가니 괜히 노래로 위로받고 싶어졌다. 때마침 손님도 없었다. 그래서 김민기의 「봉우리」를 신청했다. 한데 그 순간 기다렸다는 듯 손님이 우르르 몰려들었다. 그러면 그렇지, 노래 한 곡 듣는 것조차 내 편이 아니었다. 거리를 걸으며 「봉우리」를 들었지만 전혀 위로가 되지 못했다.

그 집을 다시 찾은 건 꽤 시간이 흐른 뒤였다. 아무 생각 없이 그날의 안주인 생선구이를 곁들여 소주를 마시고 있는데, 아, 그 노래가 흘러나왔다. "높은 곳엔 봉우리는 없는지도 몰라/ 그래 친구여 바로 여긴지도 몰라/ 우리가 오를 봉우리는⋯⋯." 건너편 일행이 신나는 노래로 바꿔 달라 했지만, 아저씨는 노래가 끝날 때까지 꿈쩍도 하지 않았다. 이게 뭐라고, 눈물이 핑 돌았다.

당신은 이렇게 작은 호의로 누군가에게 큰 감동을 준 적이 있는가? 그 작은 호의는 오랜 시간 효력이 이어지고 있다. 요즘도 기분이 언짢으면 내 발걸음은 자연스레 이 집을 향한다. 그리고 작은 호의에 충분히 위로받으며 깨닫는다. 마음을 어루만져 주는 건 크기가 아니라는 것을.

후회만 가득한 과거와
불안하기만 한 미래
때문에 지금을 망치지
마세요. 오늘을
살아가세요, 눈이
부시게! 당신은 그럴
자격이 있습니다.

00:77

드라마 『눈이 부시게』 중에서

젊은 시절 고등학교 친구 몇몇과 허구한 날 몰려다녔다. 특별히 할 일도 특별히 할 얘기도 없었지만 함께 있는 것만으로 늘 즐거웠다. 그러던 어느 날, 고시를 준비하던 한 친구가 우리에게 작별을 고했다. 신림동 고시촌에 들어가 세상과 분리되겠다 했고, 그 뒤로 그 친구와의 관계는 몇 년간 생략되었다. 그러나 그 친구는 시험에 실패했고, 다시 우리 곁으로 쓸쓸히 돌아왔다.

그 친구는 요즘도 일요일 아침에 소스라치게 놀라면서 깨는 일이 종종 있다고 한다. '공부할 시간도 부족한데 늦잠 자도 되는 거야?'라고 자책하면서. 그 시절에서 벗어나지 못하고 이렇게 깨는 잠은 얼마나 끔찍할까. 하지만 그 친구는 그 끔찍한 시간을 과거가 오늘에 준 선물이라 여긴다고. 공부한답시고 못 했던 좋아하는 일들을 지금 실컷 하라고 일찍 깨웠구나, 생각한다는 거다. 그렇게 깨면 사진이나 자전거처럼 좋아하는 것을 즐기러 비가 오나 눈이 오나 거침없이 밖으로 나간다고 한다.

때때로 궁금증이 일었다. 그 친구는 분리되고 생략된 그 시절을 후회하고 있을까? 그 시절로 인해 불안해진 미래를 걱정하고 있을까? 그러다 뜨끔해졌다. 내가 무슨 자격으로 그런 상상을 하는 거지?

누가 누구의 생애를 감히 평가할 수 있으랴. 다만 바란다. 그 친구가 그 시절을 떠올리게 하는 나쁜 꿈으로부터 완전히 벗어나기를. 대신 '좋아하는 걸 마음껏 즐길 시간도 부족한데 이렇게 늦잠 자도 되는 거야?'라며 달콤한 꿈에서 깨어나 현재를 더욱 마음껏 누리기를. 우리 모두는 과거에 압류당할 대상도 미래에 저당 잡힐 대상도 아니다.

어른은 빨리 할 수 있고,
어린이는 시간이
걸리는 것만 달라요.

00:78

김소영, 『어린이라는 세계』
(사계절, 2020)

TV를 볼 때 나만의 루틴. 소파에 눕는다. 리모컨으로 TV를 켠 다음 스포츠 채널부터 누른다. '손흥민의 골 잔치' 아니면 프로야구 하이라이트. 지겹지도 않나? 그걸 알면서 매번 반복하는 나도 지겹기는 마찬가지겠다. 언젠가부터 뉴스 채널은 건너뛰게 됐고, 영화 채널은 OTT로 보면 되니까 건너뛰고, 잠시 먹방과 강의 예능에 들렀다가 결국 머무는 곳은 『무한도전』. 종영한 지가 언제인데 여전히 TV 속에 남아 있다니 대단하긴 대단하다.

이렇게 채널을 이리저리 돌리며 방황하는 나 같은 사람을 위해 AI가 딱 맞는 채널을 찾아 주겠다는 TV 광고가 있다. 편리하겠다는 생각이 들지만 섬뜩하다는 생각도 든다. 괜히 시간 낭비하지 말고 네가 알고 있는 것, 네가 좋아하는 것에만 집중해! 반복과 방황의 시간 속에서 예상도 기대도 않던 인생 프로그램과 우연히 만나는 경우도 심심치 않게 많은데.

독서교실 선생님의 경험을 에세이로 묶은 책 『어린이라는 세계』에서, 저자는 운동화 끈 묶는 일이 서툰 아이에게 어른이 되면 쉬워질 거라고 위로한다. 하지만 아이는 이렇게 대답한다. "지금도 잘 묶을 수 있어요. 어른은 빨리 할 수 있고, 어린이는 시간이 걸리는 것만 달라요." 모든 시간을 효율성으로만 따지고 끈 묶기의 결과에만 집중하며 그 과정에 집중하지 않는 편협한 어른의 세계에 보기 좋게 한 방 먹인 셈이다.

두 갈래의 길이 있다. 시간 낭비 없이 AI와 알고리즘을 기반으로 정해진 코스로 가는 길, 시간이 좀 걸리고 귀찮더라도 아날로그를 기반으로 모르는 코스로 가는 길. 후자에 더 마음이 기운다. '혹시나'가 '역시나'가 되는 경우가 더 많겠지만, 그 길엔 생생하고 두근거리는 체험이 숨겨져 있을 테니까. 그것이 '어린이라는 세계'가 '어른이라는 세계'에 건네는 교훈일지도 모르겠다.

나는 어려운 시절이
오면, 어느 한적한 곳에
가서 문을 닫아걸고
죽음에 대해 생각하곤
했다. 삶으로부터 상처
받을 때 그 시간을
생각하고 스스로에게
말을 건넨다. 나는 이미
죽었기 때문에 어떻게든
버티고 살아갈 수 있다고.

00:79

김영민, 『아침에는 죽음을 생각하는 것이 좋다』
(어크로스, 2018)

"생즉사, 사즉생生卽死, 死卽生. 살려고만 하면 죽을 것이요, 죽기를 각오하면 살 것이다." 이 살벌한 말을 참 많이 들으며 자랐다. 주로 선생님이란 사람들한테 많이 들었다. 어려서는 태권도학원 선생님이나 웅변학원 선생님한테 들었고, 좀 커서는 학교 수학 선생님이나 영어 선생님한테 들었다. 심지어 윤리 선생님한테도 들은 것 같다. 윤리적으로 맞는 표현인지 잘 모르겠지만 죽기 살기로 공부하라고 했다.

게다가 선생님만 이 말을 하는 것도 아니다. 한때 몸담았던 회사 회장님도 죽기 살기로 일하면 경제 위기를 넘길 수 있다 했고, 우리 동네 국회의원도 죽기 살기로 힘을 모으면 국가 위기를 넘길 수 있다고 했다. 이 나라의 지도급 인사라는 사람들은 죽는다는 걸 참 가볍고 쉽게 여기는 모양이다. 그들에게 물어보고 싶다. "정말 죽을 만큼 아파 본 시간이 있나요?"

그들은 모르겠으나 나를 포함한 평범한 우리는 죽음까지는 아니더라도 생의 가장 컴컴한 시간까지 가 보았던 기억을 대부분 가지고 있다. 스스로는 못 하겠고 누군가가 내 턱을 시원하게 한 방 먹여 주길 바라던 시간, 그 핑계를 대고 세상을 피해 영영 누워 있고 싶었던 시간. 그리고 우리 대부분은 어떤 수를 써서라도 그 시간을 딛고 일어섰던 기억을 지니고 있다.

이제 그 시간은 지나갔고 다시 올 수 없다. 그렇지만 그 시간은 죽은 시간이 아니다. 삶에 지독한 순간이 올 때마다 우리를 '존버'하게 해 주는 살아 있는 시간이다. '아침에 죽음을 생각하는 것이 좋다'는 뜻은 그 살아 있는 시간을 매일매일 아침마다 되새기자는 권유일 게다. 오늘도 평범할 테지만 특별한 마지막 날이라 생각하며 이 주어진 24시간에 최선을 다하고자 하는 다짐, 이것이 '죽기 살기'의 진정한 의미가 아닐까.

사람이 사람을
지나친다고 해서
시간이 교차하는
것은 아니다

00:80

이기리, 「극세사」, 『젖은 풍경은 잘 말리기』
(문학과지성사, 2022)

이탈리아 물리학자 카를로 로벨리는 『시간은 흐르지 않는다』에서 "시간은 기억을 늘어놓은 순서"라고 말한다. 그러니까 기억이 없다면 시간도 없는 셈이다. 같은 때와 같은 곳에서 사람이 사람을 지나쳤다 하더라도 기억이 없다면 시간이 교차한 것이 아니다. 누구나 한 번쯤 겪어 봤을 것이다. 등굣길에 혹은 출근길에 흔히 마주치는 그. 나는 그를 무척 의식하는데 그도 나를 의식할까? 나에게 그 순간은 분명한 시간이다. 그러나 그가 나를 의식 못 했다면 그 순간은 시간이 아니다. 오늘따라 더 환하게 다가온 그, 나에겐 잊을 수 없는 기억이지만 그에겐 흔적조차 없는 무이다.

기억은 평등하지 않다. 똑같은 일을 두고도 누구의 기억은 좀 더 깊고 누구의 기억은 좀 더 얕다. 이런 이유로 기억은 사람의 관계를 묘하게 저울질한다. "그때, 우리가 갔던 곳 기억 나?" "글쎄." 나에겐 굉장히 의미 있는 시간이었지만 그에겐 평범한 일상이었나 보다. 나에게 너란 세상 하나뿐인 굉장히 의미 있는 존재지만, 너에게 나란 핸드폰에 저장된 수많은 이름 가운데 하나인 그저 그런 존재인가 보다. 기울어진 기억과 기울어진 관계. 이렇듯 기억은 누구의 마음을 기울어뜨려 낙담시킬 수 있다.

그렇기에 상대방과 있을 때, 상대방과의 간격을 좁히고 시간에 집중하고 기억을 늘려 가는 것은 상대방을 가장 존중하고 배려하는 행위다. 그리고 그 행위는 나의 시간이 늘어나는 행위다. 로벨리가 말했듯 기억이 있어야 시간이 있었던 거니까.

영화 『메멘토』에서 단기 기억 상실증에 걸린 주인공은 몸에 문신으로 기억을 새긴다. 그 정도는 아니겠지만 상대방과의 기억을 보듬어 정성스럽게 마음에 새기는 일. 상대방을 향한, 그리고 나를 향한 넉넉함이 깊어지는 시간이리라.

평균 태양시는 현대인을
압박하는 바쁜 시간의
정체다. 그에 반해
늘었다가 줄어드는
진태양시는 좀 더
여유로웠던 시대의
시간을 상징한다.

00:81

시노다 데쓰오, 『손목시계의 교양』
(한빛비즈, 2022)

지구의 자전 주기는 일정하지 않다. 지구가 타원형의 궤적을 그리며 태양 주위를 도는 탓이다. 따라서 하루의 길이가 정확히 24시간 되는 날은 1년에 4일밖에 안 된다. 나머지는 24시간을 넘거나 못 넘거나 하는데, 이를 진태양시라고 한다.

시간에 목매지 않았던 시대의 사람들은 진태양시가 불편하지 않았다. 하지만 시간이 통제의 수단이 될 수 있다고 믿은 권력자들은 이 들쑥날쑥한 진태양시를 평균 내어 새로운 태양시를 만들었다. 바로 이 시간이 지금 우리가 사용하고 있는, 혹은 사용당하고 있는 평균 태양시다.

이 새로운 시간은 사람들을 압박했다. 교회 시계탑은 기도할 시간이라고, 시청 시계탑은 일어날 시간이라고, 학교 시계탑은 수업할 시간이라고, 공장 시계탑은 일할 시간이라고 사람들을 채근했다. 심지어 나 어릴 적엔 저녁 6시가 되면 온 나라의 국기를 한꺼번에 내리며 애국할 시간이라고 강요하기도 했다.

우리는 중요한 시기를 맞는 이에게 시계를 선물하곤 한다. 초등학교에 들어가면 만화 시계를, 중학교에 들어가면 전자시계를, 결혼할 때면 예물 시계를. 시간을 잘 활용하라는 의미겠지만, 비틀어 생각해 보면 시간에 잘 속박되라는 의미이기도 하다. 내 손목에 채워진 시계는 어쩌면 시간의 수갑이기도 한 셈이다. 그런데 이 속박의 장치를 차느라고 몇십만 원, 몇백만 원, 심하게는 몇천만 원을 아낌없이 쏟아 붓기도 하니 참 아이러니하다.

시간의 속박에서 풀려나고 싶으면, 우선 시계부터 풀고 볼 일이다. 인류가 진태양시를 썼을 때처럼 하늘에 시간을 맡긴 채 시계 없이 여유로움에 한껏 빠져 볼 일이다. 아, 너무 좋다! 그런데 이 여유로움에 빠진 지 도대체 얼마나 됐을까? 그 시간이 궁금해 다시 시계를 주섬주섬 찾고 있다.

시간은 무엇도 '그냥 그대로' 두지 않는다. 시간은 방관자이자 폭군이다. 예외를 두지 않으며 자비를 모른다.

00:82

박연준, 『쓰는 기분』
(현암사, 2021)

시간은 어떤 것도 가만두지 않는다. 사랑하는 사람을 사라지게 하며, 사랑하는 마음을 식어 버리게 한다. 지우고 싶지 않은 풍경을 지워 버리고, 떠나보내고 싶지 않은 감동을 떠나보낸다. 시간에 영원은 없다. 순간만 있을 뿐이다. 하지만 이처럼 고지식한 시간 덕분에 좋은 것도 있다. 두려움, 아픔, 슬픔 따위의 감정을 시간이 있어 견뎌 낼 수 있다. 시간에 예외란 없다.

바닷가에 살면서 가장 무서운 순간은 태풍이 올 때다. 태풍이 오는 밤은 잠을 잘 수가 없다. 바닷가에 정박돼 있던 배들은 진작 어디로 도망가 흔적조차 없다. 거리에 차도 드문드문하고 멀리 등대의 빨간 불빛만 깜박일 따름이다.

어김없이 태풍의 사정권에 든다. 낡은 창틀과 현관에 골판지를 끼워 놨지만 계속 덜컹거린다. 아파트가 흔들흔들거리는 게 느껴진다. 급기야 정전까지 된다. 베란다 밖을 슬몃 내다보면 커다란 나무가 속절없이 흔들리고 몸집이 잔뜩 커진 파도가 등대마저 삼키고 있다. 30분만 있으면 태풍이 이곳에 상륙한단다. 지금도 이렇게 무지막지한데 막상 상륙하면 어느 정도일까? 무서움이 극도로 달해 체념에 이른다. 그래, 이 또한 지나가리라. 시간이 가만두지 않으리라.

그런데 막상 태풍이 상륙하니 바람이 급격히 잦아든다. 아파트의 흔들림도 멈춘다. 그제야 밖을 유심히 내다볼 여유도 생긴다. 그리고 짐짓 '별거 아니었다'며 가족에게 카톡을 보낸다.

태풍이 지나가고 햇빛이 찾아온 오전 바닷가를 걷는다. 사나운 태풍에도 살아남은 플라스틱 쓰레기들이 방파제까지 잔뜩 밀려와 있다. 속상하고 씁쓸하다. 그 어떤 것도 가만두지 않는 시간이 왜 저 쓰레기는 가만두는 거지? 시간이 이기지 못하는 것도 있다는 사실에 진짜 두려움이 태풍처럼 몰려온다.

낮이 이성의 시간이라면
밤은 상상력의 시간이다.

00:83

황현산, 『밤이 선생이다』
(난다, 2013)

"낮에 잃은 것을, 밤이여, 돌려다오." 황현산 선생은 괴테의 『파우스트』에 나오는 이 구절에 빗대 낮이 이성의 시간이라면 밤은 상상력의 시간이라고 말한다. 낮이 사회적 자아의 세계라면 밤은 창조적 자아의 시간이라고 말한다. 선생의 말에 감히 덧붙여 본다.

낮이 질문의 시간이라면 밤은 대답의 시간이다. 낮이 욕망의 시간이라면 밤은 소망의 시간이다. 낮이 성취의 시간이라면 밤은 성찰의 시간이다. 낮이 몸의 시간이라면 밤은 마음의 시간이다. 낮이 꾸민 얼굴의 시간이라면 밤은 맨 얼굴의 시간이다. 낮이 그에게 말하는 시간이라면 밤은 나에게 말하는 시간이다. 낮이 남을 위해 웃는 시간이라면 밤은 나를 위해 우는 시간이다.

밤에는 나만의 비밀이 있다. 나만의 고백이 있다. 그래서 자화상을 그려 본다. 오늘 하루 나의 표정은 어땠는지 떠올려 본다. 그 시간의 조각들을 맞춰 본다. 자화상을 그리는 시간은 아프다. 때로는 굴욕감이 치밀어 올라 고개를 흔들기도 하고 때로는 죄책감에 사로잡혀 고개를 숙이기도 한다.

하지만 그 자성의 시간은 나를 어둠으로부터 구해 낸다. 음유시인 오르페우스의 연주가 어둠의 신들을 감동시켜 저승이라는 어둠에 갇힌 아내 에우리디케를 구해 냈듯이, 내가 부르는 고해의 아리아는 나를 탐욕이라는 어둠에서 구해 낸다. 그렇다, 역설적이게도 밤의 어둠은 이렇게 삶의 어둠을 걷어 내는 역할을 한다.

헤아릴 수 없는 밤의 시간에 풍덩 빠져 볼 것. 밤을 보고 밤을 듣고 밤을 걷고 밤을 느끼고 밤에 기도해 볼 것. 이 짙음의 시간을 담담히 받아들이고 팔뚝으로 눈물을 쓰윽 훔쳐낸 다음 당당히 일어서 볼 것. 그러면 어둠 저 끝에서 어떤 반짝임이 나를 향해 손짓하고 있을 터이다. 밤의 시간은 낮의 시간에 잃은 것을 되찾아 주는 삶의 처방전이다.

시간은 한정돼
있습니다. 다른 사람의
삶을 사느라 인생을
낭비하지 마십시오.

00:84

스티브 잡스

모든 게 때가 있다고 한다. 대학 갈 때가 있고, 취직할 때가 있고, 결혼할 때가 있다고. 더 나아가 차 살 때가 있고, 집 살 때가 있고, 집 늘릴 때가 있다고. 혹여 그 시간을 놓치면 낙오자 취급을 받는다. 이렇게 세상이 만들어 놓은 기준에 어긋나는 게 싫어 몸부림을 쳐 보지만 뜻대로 되지 않는다. 정말 나는 낙오한 것일까?

하지만 스티브 잡스는 이러한 기준에 휘둘리지 말라고 조언한다. 2005년 스탠퍼드대학교 졸업생들에게 건넨 축사에서 그는 이렇게 당부한다. "타인의 시선과 견해에 빠져 인생을 낭비하지 말고 항상 갈망하며 우직하게 나아가라, 시간은 정해져 있다." 인생에서 변하지 않는 것이 있다면, 언젠가 죽는다는 사실일 뿐이라는 것이다.

스티브 잡스 말고도 여럿이다. 시간은 무한정으로 허락된 자원이 아니니 다른 사람의 인생을 살지 말고 나의 인생을 살라고 선지자들은 수없이 되뇐다. 극작가 버나드 쇼의 묘비명이 "우물쭈물하다가 내 이럴 줄 알았다"라고 했던가. 남의 생각에 의존하며, 남의 시선을 의식하며 살다가는 시간이 쥐도 새도 모르게 훅 흘러가 버릴지도 모른다. 천박하게 살기에 인생의 시간은 그리 길지 않다.

그러면 우리에게 주어진 유한한 시간을 삶의 공간에 어떻게 유의미하게 채워 넣어야 할까. 축사로 시작했으니 축사로 끝낼까 한다. 수학자 허준이가 서울대학교 졸업생들에게 건넨 당부는 스티브 잡스의 당부 못지않게 영롱하고 투명하다.

"무례와 혐오와 경쟁과 분열과 비교와 나태와 허무의 달콤함에 길들지 말길, 의미와 무의미의 온갖 폭력을 이겨 내고 하루하루를 온전히 경험하길, 그 끝에서 오래 기다리고 있는 낯선 나를 아무 아쉬움 없이 맞이하길 바랍니다."

시간을 유리병 속에
담을 수 있다면,
제일 먼저 하고 싶은
일은 당신과 함께
지낼 시간을 영원토록
모아 두는 것이랍니다.

00:85

노래 「병 속에 갇힌 시간」Time in a bottle
(짐 크로스, 1998)

"시간을 유리병 속에 담을 수 있다면, 제일 먼저 하고 싶은 일은?"

이 물음에 미국의 팝 가수 짐 크로스는 "가장 사랑하는 사람과 함께해 온 시간, 그리고 함께해 나갈 시간을 영원토록 모아 두는 것"이라고 노래한다. 이 물음을 나에게도 해 본다.

내가 하고 싶은 일은 그때와 지금이 다르다. 그때는 내게 가장 황홀하고 짜릿했던 기억을 병 속에 담고 싶었다. 그리고 병 속에 담긴 시간을 화이트 초콜릿 모카를 마시듯 야금야금 꺼내 달콤하게 즐기고 싶었다. 그러나 지금은 남들에게 섭섭하고 아프게 했던 기억을 병 속에 담고 싶다. 그런 다음 병 속에 담긴 시간을 샷을 추가한 에스프레소를 마시듯 수시로 꺼내 쓰라리게 되새기고 싶다.

안 해도 될 말을 왜 했는지, 안 해도 될 짓을 왜 했는지. 왜 그토록 할퀴고 도려내고 깊은 상처를 줬는지. 이런 시간이 하도 많아 병 속에 다 담길지 모르겠으나, 가능한 만큼 되새기고 싶다. 물론 그 복기의 시간은 고통스러울 것이다. 머리를 쥐어뜯는 후회의 시간이 될 것이다. 하지만 그럴 기회가 온다면 기꺼이 감내해 볼 요량이다.

갑자기 이상해졌다고? 그런 것 같기도. 짐 크로스의 감미로운 목소리를 듣고 있자니 살아감의 시간은 내가 저지른 일에 대해 세상에 이해를 구하고 오해를 풀어 가는 시간이라는 생각을 불현듯 품게 됐다. 내 인생의 병 속에서 남에게 아픔을 줬던 시간을 하나하나 꺼낼 때, 내가 알지 못했던 평안의 시간이 그 병 속에 새롭게 담기리라는 생각을 하게 됐다.

내가 스스로 어디
있는지 알기는 해도
사실 길을 잃은 것이나
다름없는 그 시간들.

00:86

리베카 솔닛,『길 잃기 안내서』
(김명남 옮김, 반비, 2018)

그런 시간이 있다. 무슨 짓을 해도 안 될 것 같다는 막막함이 밀려오는 시간. 풀리지 않는 암호 같은 시간. 어디 있는지는 알겠는데 어디로 가야 할지는 모르겠는 시간. 길을 찾기는커녕 이제까지 찾은 길도 잃어버리고 말 것 같은 시간.

그런 시간에는 추리소설을 읽었다. 작품 속 탐정들을 닮고 싶었다. 그들은 주저하지 않았다. 어떤 함정과 불행이 매복돼 있는지 알 수 없는 미지의 시간 속으로 성큼성큼 들어가 빈틈없이 추리하고 거침없이 행동하며 길을 찾아냈다. 나도 그들과 같다면 얼마나 좋을까. 그러나 소설 속 그들과 현실 속 내가 같을 리가. 나의 길은 여전히 희미했고, 나의 시간은 여전히 컴컴했다.

그런 시간은 다가오지 않는다. 나라는 목표를 정확히 겨누고 오차 없는 초침처럼 째깍째깍 찾아온다. 그럴 때면 나는, 자신을 덮쳐오는 모든 위기와 불안과 초조를 온몸으로 받아 내는 추리소설의 주인공을 떠올렸다. 어차피 피하지 못할 일이라면 덤벼 보기라도 해야 한다. 처음엔 비를 피하며 길을 잃지 않으려 애쓰겠지만, 굵은 비에 온몸이 흠뻑 젖으면 오히려 평온함에 이르게 된다. 체념? 아니다, 그 상황을 담담히 받아들이고 맞서면 '전환'이 된다.

리베카 솔닛은 『길 잃기 안내서』에서 이렇게 말한다. "사물을 잃는 것은 낯익은 것들이 차츰 사라지는 일이지만, 길을 잃는 것은 낯선 것들이 새로 나타나는 일이다."

길을 잃는 것은 두려움이 아니다. 새로움은 평탄한 시간에서 나오지 않는다. 예견할 수 없는 것을 수없이 예측하다가 넘어지고 망가졌을 때, 비로소 내가 몰랐던 신세계가 나타난다는 솔닛의 말은 아무리 봐도 정답이다.

아무래도
시간이 많아서.

00:87

김연수,『청춘의 문장들』
(마음산책, 2022)

『청춘의 문장들』에서 소설가 김연수와 기타리스트 이병우가 대화를 나눈다. 김연수가 묻는다. "어떻게 기타를 잘 치게 됐어요?" 이병우가 되묻는다. "어떻게 소설을 잘 쓰게 됐어요?" 김연수가 대답한다. "아무래도 시간이 많았어요." 이병우가 맞장구친다. "나도 마찬가지예요."

어떻게 이해해야 하나? 가진 거라곤 시간뿐인 사람들, 여기도 저기도 차고 넘치는데. 시간이 많다고 되고 싶은 것이 다 되는 것도 아닌데.

그런데 이해 못 할 바도 아니다. 해석해 보면 이런 뜻일 게다. 그 많은 시간을 그냥 흘려보내지 않았다는 것. 그 많은 시간에 내가 가장 좋아하고 가장 잘할 수 있는 것을 무수히 주워 담았다는 것. 고독마저도 더 애절한 문장을 만들기 위해, 슬픔마저도 더 애조 띤 음표를 만들기 위해 나만의 시간으로 승화했다는 것. 그래서 김연수가 되었고, 이병우가 될 수 있었던 거다.

바쁜 것이 자랑이 된 세상이지만, 나 홀로 시간이 주야장천이라고 자조하거나 좌절할 필요 없다. 나 홀로 반대쪽 길에 서 있다고 불안해할 필요 없다. 사람들 눈을 피해 담벼락 밑에서 눈물 흘릴 필요 없다. 시간이 많다는 건 내 속에 숨겨진 무엇을 꺼낼 기회가 많다는 뜻. 그래, 소설 잘 쓰는 김연수가 아니면 어떤가. 기타 잘 치는 이병우가 아니면 어떤가. 우리는, 우리대로 이 세상에 온몸을 비벼 대며 이 세상을 헤쳐 나가는 그 무엇이다.

다만 덜 흘려보내리라. 내가 가장 좋아하고 가장 잘할 수 있는 것을 시간의 물줄기 속에서 건져 내어 나를 제대로 증명하리라. 그러면 누군가가 이렇게 물을 것이다. "어떻게 그 무엇이 되었어요?" 그때, 이렇게 당당히 대답하리라. "아무래도 시간이 많았어요. 그리고 그 시간을 완전히 소진했어요."

시간이 지나면
또 무뎌질까.
옛 생각이나,
네 생각이나.

00:88

노래 「If You」
(빅뱅, 2015)

우리가 같은 시간에 있을 때, 나는 너의 크기가 어느 정도인지 알지 못한다. 그렇기 때문에 갑작스러운 너의 부재는 당혹스럽다. 네가 없다는 사실보다도 네가 없는 시간이 당혹스럽다. 늘 함께였는데 혼자인 내가 어색하다.

그래서 빅뱅은 "시간이 지나면 또 무뎌질까"라며 나에게 물어보고, "그대는 어떤가요, 정말 아무렇지 않은 건가요"라고 너에게 물어본다. 이 물음 속에는 너도 나만큼 아팠으면 좋겠는데 그렇지 않은 것 같아 미치겠다는 억울한 심정이 배어 있다. 그러면서 "아직 너무 늦지 않았다면 우리 다시 돌아갈 수는 없을까"라고 또 물어본다. 하지만 돌이킬 수 없다는 걸 이내 깨닫고 이렇게 혼자 흐느낀다. "있을 때 잘할 걸 그랬어."

'부재의 시간'에 듣는 유행가는 다 내 마음 같다. 김광석은 「잊어야 한다는 마음으로」에서 "아직도 남아 있는 너의 향기/텅 빈 방 안에 가득한데"라고 아련해한다. "창틈에 기다리던 새벽이 오면/어제보다 커진 내 방 안에"라고 허전해한다. 하지만 '부재의 시간'에 이런 노래는 금지곡이어야 한다. 내 마음만 후벼 팔 따름이다.

그렇다면 나의 '부재의 시간'을 메워 줄 만한 노래는 뭘까? 적지 않게 실연당해 본 경험상 그 시간을 가장 슬기롭게 이겨 내는 방법은 바로 이 노래 제목처럼 실천하는 것이다. 하림의 「사랑이 다른 사랑으로 잊혀지네」. 되도록 아주 빠른 시간 내에 옛사랑을 떠나 새 사랑을 시작하면, 망가졌던 내 마음과 내 시간이 아주 빠르게 정돈된다.

혹시나 그가 "우리 다시 시작할 수 없을까"라고 매달릴지도 모른다. If You, If You, If You. 그러면 이렇게 대답해 주면 된다.

"있을 때 잘하지 그랬어."

매일 새벽 여섯 시
반이면 어두운 밖으로
지나가는 청소차의
덜컹거리는 소리.

00:89

롤랑 바르트, 『애도 일기』
(김진영 옮김, 걷는나무, 2018)

"새벽은 하루의 시작일까, 하루의 끝일까?" 윤성희의 단편소설 「모서리」에서 갈 곳 없는 두 청년이 밤을 지새운 뒤 버스 정류장에서 나누는 대화다. 프리랜서를 갓 시작했을 무렵, 새벽은 하루의 끝이었다. 밤부터 새벽까지 깨어 있었고, 새벽부터 낮까지 잠들어 있었다. 밤낮의 시간이 완전히 바뀌었다. 특별한 이유는 없었다. 그저 직장 생활을 할 때는 엄두도 내지 못했던 짓을 하고 싶었을 뿐이다. 밤새워 일을 했고, TV를 봤고, 게임을 했다.

그런데 여러 가지 이유로 새벽의 시간이 하루의 끝인 사람들이 있다. 롤랑 바르트는 『애도 일기』에서 죽음을 앞둔 어머니가 새벽 청소차 소리를 듣고는 "이제야 밤이 지나갔구나"라며 안심하던 일을 회상한다. 내가 알던 사람도 그랬다. 병원 커튼 사이로 새벽 푸른빛이 스며들면 비로소 긴 숨을 내쉬며 숨이 붙어 있다는 사실에 안도했다.

프리랜서 초창기에 종종 24시간 식당을 찾았다. 그전에는 그곳이 술 취한 사람들의 마지막 집결지인 줄만 알았다. 그러나 그 공간의 그 시간엔 다양한 사연이 늘어져 있었다. 취준생으로 보이는 20대는 책을 펼쳐 놓고 새벽밥을 먹었다. 일용노동자로 보이는 50대는 배낭을 옆에 두고 새벽밥을 먹었다. 그들에게 이한 끼는 아침밥일까, 저녁밥일까.

새벽이라는 단어에는 하루의 시작이라는 뜻이 깃들어 있다. 어스름한 빛이 눈꺼풀 속에 들어오면 하루는 비로소 눈을 뜬다. 청각 기능도 함께 깨어나 덜컹거리는 청소차 소리, 툭 떨어지는 신문 소리로 하루의 귀를 연다. 대부분 그렇게 알고 있다. 하지만 그날 24시간 식당을 나오면서 그런 인식을 바꾸기로 했다.

하루의 시작과 끝은 시간이 정하는 것이 아니다. 사람이 정하는 것이다.

가장 먼저 감각되는
것은 시간입니다.

00:90

한강, 『희랍어 시간』
(문학동네, 2011)

부산 금정산 둘레길을 혼자 걸었다. 느리게 굴다가 오후도 많이 기울었지만 세 시간이면 완주할 수 있다 하여 걷기 시작했다. 그런데 한 시간쯤 지나자 후회가 몰려왔다. 난데없이 비가 왔고, 갑자기 어둑해졌다. 주위에 사람이 단 한 명도 없었다. 빗줄기가 가늘어졌으나, 이번엔 안개가 피어올랐다. 조금 무서웠다.

아마 낭랑한 새소리도 부드러운 숲 바람도 싱그러운 풀 향기도 곁에 있었을 것이다. 그러나 그런 것을 즐길 여유 따위는 없었다. 시간이 더 흘러 어둑함이 컴컴함으로 변하면 길을 잃게 되겠다는 걱정뿐이었다. 모든 감각은 오로지 흐르는 시간에 촉수를 번뜩일 수밖에 없었다. 그 순간 시간은 모든 감각에 앞서 가장 먼저 감각되었다. 그러고 얼마나 더 걸었을까. 완전히 어둠이 내리기 직전의 시간에 저 멀리 범어사의 불빛이 보였다. 그제야 소리도 바람도 향기도 감각되었다.

경복궁역 근처에서 약속이 있었다. 인왕산 쪽으로 저무는 석양이 참 좋아 걸음을 멈췄다. 누군가와 몸이 부딪쳤다. 중학생 같은 소년이 "죄송합니다, 죄송합니다"를 되뇌며 고개를 숙였다. 그러고는 손에 들린 하얀 지팡이로 노란 점자 블록만 골라 더듬거리며 서툴게 앞으로 나아갔다. 시력이 안 좋은 소년이었다.

잘못은 소년의 길을 막고 있던 나에게 있었다. 내가 노을을 마주하는 시간은, 소년에겐 두려움을 느끼는 시간이었겠지. 소년은 노란 점자 블록을 점령한 다른 사람에게도 머리를 조아리며 어둑한 시간으로부터 벗어나기 위해 안간힘을 썼다. 눈물이 살짝 났다. 하지만 거기까지였다. 나는 아무 일 없었던 듯 약속 장소로 향했다.

그날 지인과 '배리어 프리' 세상 얘기를 잠깐 하고, 금정산 둘레길의 모험담을 길게 늘어놓았던 것 같다.

4월 16일 3시 1분 전, 당신과
여기 같이 있고 당신 덕분에
이 순간을 기억하겠군요.

00:91

영화 『아비정전』
(왕가위 감독, 1990)

4월 16일 3시 1분 전, 영화 『아비정전』에서 아비(장국영 분)가 말한다. "내 시계를 봐요." 소려진(장만옥 분)이 대답한다. "내가 왜요." 하지만 둘은 시계를 들여다본다. 얼굴을 맞대고 관능적으로 숨 막히게 그들만의 1분을. 그리고 3시가 되었다. 아비가 의기양양하게 덧붙인다. "당신 덕분에 이 순간을 기억하겠군요."

기억이란 이런 것이다. 잊히듯 흘러가는 수많은 시간 가운데 건져지는 몇 안 되는 선명한 순간의 파편이다. 그래서 단 1분이지만 영원이 된다. 그 달콤한 두근거림, 그 비릿한 숨결은 멈춰진 시간이 된다.

그런데 남기고 싶은 기억이 있는 반면에 떠나보내고 싶은 기억도 있다. 또렷이 새기고 싶은 기억이 있는 반면에 말끔히 지우고 싶은 기억도 있다. 내 뇌리의 서재에 꽂힌 여러 기억 가운데 남기고 싶은 것과 새기고 싶은 것만 따로 선별해 모아 놓으면 그게 바로 추억이겠다. 하지만 못된 기억들도 떠나가지 않는다. 지워지지 않는다. 끈질기게 남아 지금의 시간을 괴롭힌다. 잊을 만하면 모기 물린 자국의 가려움처럼 자꾸 돋아난다.

사랑과는 이별할 수 있지만 이별과는 이별할 수 없다고 한다. 달콤한 기억보다 쓰라린 기억이 더 잊기 어렵다는 뜻일 게다. 어쩔 수 없다. 잊히지 않는다면 만성 위궤양처럼 그 통증을 안고 가는 수밖에. 그리고 때로는 아무리 아플지언정 결코 잊어서는 안 될 기억도 있다.

지금도 4월 16일이면 소려진은 돌아올 수 없는 이름이 된 아비와의 1분을 아프게 기억할까? 우리도 4월 16일이면 모두 소려진이 되어야 한다. 그 아이들이 하늘의 별이 된 그날도 4월 16일이었다. 잃어버린 그 아이들의 꿈과 웃음을 아프게 기억하는 통증의 시간, 인간으로서 최소한의 예의를 지키는 시간이리라.

직접 대화하면 1분 안에
끝날 일이 몇십 분 혹은
몇 시간이 걸리기도 한다.

00:92

야모토 오사무, 『뭐든 잘되는 회사의 회의법』
(이정미 옮김, 브레인스토어, 2019)

코로나 팬데믹이 그나마 우리에게 선물해 준 작은 깨달음. 굳이 대면하지 않아도 세상일은 여차저차 돌아간다는 것. 역으로 따져 보면 그동안 우리는 서로 지겨운 얼굴을 맞대며 얼마나 많은 시간을 비효율적으로 소모했다는 얘기인가. 아, 하얗게 재가 되어 날아가 버린 나의 아까운 시간이여.

사실 코로나 시국 이전에도 수많은 자기계발서가 '대면 예찬론'의 불합리함을 지적한 바 있다. 일은 회의실에서 하는 것이 아니라고, 회의를 하지 말고 미팅을 하라고, 굳이 회의를 해야 하면 질질 끌지 말고 후다닥 끝내 버리라고. 하지만 이는 비대면에 익숙하지 못한 '라떼족' 상사들의 업무 행태를 지적한 것이지 대면 업무의 불필요성을 지적한 것은 결코 아니리라. 지금까지도 그랬고 앞으로도 얼굴을 맞대지 않고는 도저히 해결할 수 없는 일이 당연히 더 많을 것이다.

비대면으로 만나면 그 사람의 능력이 보이지만 대면으로 만나면 그 사람의 진심이 보인다. 비대면으로 만나면 스마트하게 보이던 사람이 대면으로 만나면 그렇게 재수 없을 수가 없다. 비대면으로 만나면 허술하게 보이던 사람이 대면으로 만나면 그렇게 넓을 수가 없다. 대면으로 만나면 상대의 축적이 보인다. 지금의 시간이 아니라 그 사람이 쌓아 온 시간이 보인다.

이런 까닭에 몇십 분, 아니 몇 시간이 걸려도 꿈쩍 않던 일이 직접 대화하면 1분 만에 해결될 수 있다. 구구절절 이야기를 들을 필요도 없다. 앞에 마주한 상대의 얼굴에는 아주 많은 시간의 이야기가 담겨 있다. 그 한순간의 표정만으로도 이 만남의 이유와 그 사람의 진심을 알 수 있다. 그러니까 하고 있는 일이 미로 속에 갇혀 도저히 풀리지 않는다면, 멀리 떨어져서 해결하려 하지 말고 이렇게 제안해 보면 어떨까. "우리 지금 만나, 당장 만나."

쉼은 빈둥거림이
아니다. 자신의 내면과
만나는 바쁜 시간이다.

00:93

장석주, 『마흔의 서재』
(프시케의숲, 2020)

쉼은 빈둥거림과는 엄연히 다르다. 쉼은 일과 일 사이의 여백이다. 그러나 빈둥거림은 일과 일 사이의 공백이다. 쉼은 일을 또 다른 일로 창조적으로 이어 주지만, 빈둥거림은 일을 단절시킨다. 그러니까 쉼은 극과 극 사이의 인터메조와 같은 역할을 한다. 잔뜩 고조된 삶의 긴장감을 느슨하게 풀어 주되, 삶을 한층 성숙된 방향으로 이끈다.

쉼은 자발적인 멈춤이어야 한다. 좋은 명함을 갖고 좋은 차를 타고 좋은 집에 살고 싶어 폭주할 때, 외부로부터 인정받고 증명되고 싶어 과속할 때, 하지만 그 속도가 지나치다고 스스로 느낄 때 갓길에 잠시 서서 심호흡을 하는 것, 그것이 진정한 쉼이다.

이 순간, 외부 세계는 느려지고 내부 세계는 바빠진다. 또 다른 내가 현실의 시간에서 잠시 물러나 보라고 슬며시 옷깃을 잡아당긴다. 과잉에 과장에 과시에 정신 팔린 나에게 사소한 것에도 눈길을 주는 아량을 가져 보라고 슬며시 몸을 돌려세운다. 갖가지 정념을 지워 내며 나를 정화의 시간으로 몰아넣는다.

홀로 있어 멍하니 있어 온전히 나에게만 바쁜 시간, 밖으로부터 안으로 침잠돼 비로소 진실한 내면과 만나게 되는 은은한 삶의 간주곡이 흐르는 시간. 『카발레리아 루스티카나』가 그 간주곡 덕분에 수준 높은 가극이 됐듯이, 제대로 된 삶의 간주곡은 어쩌면 인생이란 작품의 격을 높여 주는 나와의 진실한 상담 시간이 될 것이다.

그러니 지금 현실에서 과속하고 있다면, 잠시 멈추고 멍 때리는 시간에 깊이 빠져 보기를. 그 멈춤으로 고해하고 성찰하며 다시 나를 추어올리게 되는 쉼의 시간에 한없이 바빠져 보기를. 지금의 시간에 너무 매달리면, 내가 진정 가고픈 시간이 기다리는 곳은 안타깝게도 자꾸만 멀어지고 마는 법이다.

"네가 오후 네 시에
온다면 난 세 시부터
행복해지기 시작할 거야."

00:94

생텍쥐페리, 『어린 왕자』
(박성창 옮김, 비룡소, 2000)

설렘, 두근거림. 이런 마음은 과거도 현재도 아닌, 다가올 시간을 향해 있다. 무슨 영화를 보자고 할까? 저녁은 뭘 먹자고 할까? 어떤 분위기의 카페에 가자고 할까? 어떤 속삭임이 있는 거리를 걷자고 할까? 상상만으로 즐겁다. 아니, 상상할 수 있어 즐겁다. 한 시간 전부터가 아니라 하루 전부터 행복해지기 시작한다.

『어린 왕자』에서는 이 행복의 연원을 '길들여짐'에서 찾는다. 그냥 스쳐 지나가는 '각자'가 아니라 서로를 필요로 하는 길들여진 '관계'가 되면, 그 기다림의 시간이 설렘과 두근거림으로 가득 채워지리란 것이다. 그런데 괜히 삐딱한 의심이 스며든다. 길들여지다니! '지금 너, 나를 가스라이팅 하고 있는 거야?'

곰곰이 생각해 보니, 자발적으로 길들여진다면 꽤나 멋진 시간을 만나겠다는 생각도 든다. 가령 이런 것이다. 매일같이 찾아와 오히려 내 것이 아니라고 여겨지던 것들, 아침노을, 저녁 달빛. 이런 것들에 길들여지면, 이들과 관계를 맺으면 어떤 일이 벌어질까? 그 청량한 침묵이 설렘이 될 수 있을까? 그 따뜻한 적요가 두근거림이 될 수 있을까?

미룰 것 없다. 바로 오늘, 이들에게 길들여져 본다. 그랬더니 노을과 달빛뿐만이 아니다. 소리가 없으니 다른 소리가 들리기 시작한다. 바람에 나무가 몸을 수그리는 소리, 그 소리에 놀라 새가 날아가는 소리. 잊고 있던 소리가 들리기 시작한다. 삶속에서 지워져 있던 것들을 다시 찾아 준 길들여짐. 오, 이 황홀한 수동형이여!

내일도 아침노을이 찾아온다. 저녁 달빛이 찾아온다. 비록 보이지 않고 손에 잡히지 않지만 이 기다림의 시간은 벌써부터 나를 즐겁게 하고 삶에 작은 힘을 준다. 그래, 어린 왕자가 당연히 맞다. 중요한 것은 눈에 보이지 않는다.

선전원의 가장 중요한
임무는 매일 매시간
민중의 맥박소리에 귀
기울이고, 어떻게 맥박이
뛰는지를 듣는 것이다.

00:95

장강명, 『댓글부대』
(은행나무, 2015)

광고 회사에 처음 들어갔을 때 '광고'를 '선전'이라고 했다가 무진장 욕을 먹었다. 선전Propaganda이라는 말에 정치적 뉘앙스가 담겨 있어서? 그렇게 깊은 뜻이 있었던 건 아니다. 광고가 체계적이지 않던 시절에 기업의 선전부에서 주먹구구식으로 그 역할을 했는데, '선전'이라 말하면 광고를 그 시절로 돌아가게 하는 것 같아 그저 마뜩잖았던 모양이다. 그런데 욕하던 대부분은 그다지 일 잘하는 축이 아니었다.

광고든 선전이든, 그 분야에서 잘해 내려면 대중의 맥박 소리에 세심하게 귀 기울여야 한다. 생산자가 말하고 싶은 것과 소비자가 듣고 싶은 것의 접점을 잘 만들어 행동으로 이어지게 하는 것이 광고 혹은 선전이 해야 할 일이니 말이다. 그래서 선전, 아니 광고의 종사자로서 대중의 '실시간' 맥박 소리를 들어 본다. 싱싱한 댓글 창을 들여다본다.

일본 열도에 한 번도 겪어 보지 못한 태풍이 오고 있다는 기사. 추천해요 7, 좋아요 101, 감동이에요 22, 슬퍼요 48, 화나요 6. '좋아요'도 그렇지만 '추천해요' '감동이에요'는 뭐지? 퀴어 축제가 3년 만에 열린다는 기사. 추천해요 12, 좋아요 36. 그러나 '화나요'는 이보다 열 배쯤 많은 402. 가장 호응이 많은 댓글을 보니 "동성애가 무슨 자랑이라고 축제까지." 그다음으로 호응이 많은 댓글은 "네 엄마도 너 낳고서 미역국 먹었겠지?"

정말 이것이 이 나라의 '실시간' 여론일까? 혹시 댓글부대가 조작한 여론은 아닐까? BTS 보유국인데, 반도체 1등 나라인데. 낯선 것을 낯선 것으로만 바라봐야지 혐오로 바라보지 않는 것이 문명일 텐데, 도저히 이 댓글에 동의를 못 하겠다. 그래서 나는 그저 그런 B급 선전원, 아니 광고인밖에 안 되나 보다.

그 존재 방식이 시간에
기대고 있어, 발생하는
동시에 소멸하는 예술.
작품을 다 본 순간
그것은 이미 세상에 없다.

00:96

목정원, 『모국어는 차라리 침묵』
(아침달, 2021)

종종 공연을 보러 다닌다. 예전에는 연극이나 대중음악 콘서트를 주로 봤지만 요즘은 클래식 공연을 보러 다닌다. 각 지역의 시립 교향악단 공연은 티켓 값도 지나치게 비싸지 않다. 공연의 묘미는 두말할 것 없이 임장감臨場感. 현장에 있어야만 알 수 있고 느낄 수 있는 묘한 흥취가 아주 크다. 연주자들의 퍼포먼스는 정말 멋지다. 객석에서 핸드폰이 울리는 실수, 무대에서 악보를 떨어뜨리는 실수도 그곳에서만 누릴 수 있는 재미라면 재미다.

스포츠도 마찬가지다. TV로 보면 공의 흐름만 쫓지만 직접 가서 보면 전체 흐름을 볼 수 있다. 카메라 없는 곳의 움직임을 볼 수 있으며 벤치 풍경도 응원단 모습도 볼 수 있다. 그러니까 공연도 스포츠도 철저히 시간에 기대고 있다. 현장의 시간의 틀에서만 작품으로 생성된다. 그리고 소멸된다. 그 시간을 위해 우리는 기꺼이 관람료를 지불한다.

그 시간은 무대와 관객의 경계를 허물기도 한다. 뮤지컬『캣츠』를 볼 때의 일이다. 막간의 시간에 고양이로 변장한 배우들이 객석으로 숨어들어 진짜 고양이처럼 관객들의 머리를 쓰다듬는다. 그럴 때 꼭 내가 걸린다. 그러면 잘 호응해 주어야 공연의 흥이 살아날 텐데, 나는 그저 뻘쭘하게 앉아 있다. 재미없는지 배우는 다른 관객에게로 발길을 돌린다. 소극장에서도 때때로 배우들이 객석을 두루 살피며 무대에 끌어낼 관객을 물색한다. 나는 그 눈초리를 피해 짐짓 딴청을 피운다. 내가 만만하게 생긴 걸까? 또 걸리고 만다. 절대 안 나간다. 나만 생각해서 안 나가는 게 아니다. 무대 체질이 아닌 내가 괜히 나갔다간 공연히 공연 망친다. 부디 나에게 조용히 짱 박혀서 공연을 즐길 수 있는 자유를.

여하튼 공연 예술은 이렇게 그 시간에서 별일이 다 있는 예술이라 더욱 매력적이다.

이 청년들의 청춘은
그 다음 단계에서의
완성을 도모하는
기다림의 시간이 아니라
새로운 시간을 창조하는
에너지로 폭발했다.

00:97

김훈, 『하얼빈』
(문학동네, 2022)

"그의 대의는 '동양 평화'였고, 그가 확보한 물리력은 권총 한 자루였다." 안중근과 우덕순이 대의를 품고 하얼빈으로 향할 때, 그들의 나이는 고작 서른하나였다. 그들에게 그다음의 시간은 무의미했다. 끝이었다. 그래서 그들의 청춘은 더욱 돋보였고, 그 결연함은 남겨진 사람들에게 새로운 분노의 에너지로 폭발했다. 비교를 안 해 볼 수 없다. 서른한 살에 나는 무엇이었던가?

그 시간에 나는 강남 한 보습학원에 있었다. 나의 대의는 신춘문예에 당선되어 더 폼 나게 사는 것이었다. 다니던 직장을 무턱대고 그만둬서 벌이가 없는 나에게, 한 친구가 보습학원 임시 강사 자리를 소개해 줬다. 제법 인기 강사였다. 잘 가르쳐서가 아니라 잘 놀아 줘서. 아이들과 잘 놀다가도 학원 일을 마치고 강남 뒷골목을 걸으면 정말 죽을 맛이었다. 작가로 불리고 싶어 직장을 그만뒀는데, 능력은 불충분하고 미래는 불투명했다. 최승자 시인의 표현대로 "이렇게 살 수도 없고 이렇게 죽을 수도 없을 때" 서른 살이 왔고, 서른 살을 견뎌 냈다.

그 견딤의 시간이 커다란 결과로 이어지진 않았다. 그 뒤로도 마찬가지. 땀과 눈물이 꼭 성과와 일치하진 않았다. 그때마다 나는 나라를 잃은 양 훌쩍였고, 나의 대의는 '폼 나게 살자'에서 '쪽팔리지 않게 살자'로 쪼그라들었다. 그렇다고 성과가 아주 없진 않았다. 평소 겁 많은 나였는데, 버릴 수 있다는 용기가 생겼다. 그 시간의 경험 덕에 나이가 든 지금도 무언가를 새로 하고 싶으면 이제껏 갖고 있던 것을 꽤 많이 버리는 용기를 내곤 한다.

목숨을 아깝게 여기지 않는 안중근의 저 숭고한 대의는 아무래도 닮기 힘들겠다. 그러나 다가올 시간을 두려워하지 않는 저 대범함은 닮을 수 있겠다. 당장의 시간에 너무 연연하면 새로운 시간은 결코 오지 않는다.

마음이 무겁고 흔들릴
시간이 없다. 남겨진
사랑들이 너무 많이 쌓여
있다. 그걸 다 쓰기에도
시간이 부족하다.

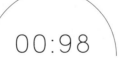

00:98

김진영, 『아침의 피아노』
(한겨레출판, 2018)

마음을 울컥하게 만드는 문장이 있다. 나에겐 철학자 김진영 선생의 문장이 그러하다. 세상은 바람직한 방향으로 흘러갈 거라고 믿어 왔다. 지금도 그렇다고 믿고 싶지만, 아무래도 아닌 것 같다는 의심이 자꾸 든다. 슬픈 일은 더 생기고 기쁜 일은 덜 생긴다. 나쁜 사람이 더 잘되고 좋은 사람은 덜 잘된다. 보기 싫은 사람은 자꾸 나타나고 보고 싶은 사람은 자꾸 사라진다.

선생의 애도일기 『아침의 피아노』에 새겨진 자취를 다시 한번 꺼내 본다. "그래, 나는 사랑의 주체다. 사랑의 마음을 잃지 말 것, 그걸 늘 가슴에 꼭 간직할 것." 선생이 이 세상을 떠나는 순간까지 놓치고 싶어 하지 않던 사랑이란 어떤 것이었을까? 어떤 모양이고 어떤 색깔이고 어떤 크기였을까? 그 본질을 알면 미움의 마음이 사라질까 싶어 들여다보고 또 들여다본다.

이런 세상에서 선생과 같은 이들을 알게 된 시간은 그나마 위안이 되는 시간이었다. 그런 사람들을 배우는 시간은 "그래도 세상은 살 만한 곳이구나"라는 통속적인 대답을 구할 수 있는 시간이었다. 그런데 왜 그런 사람일수록 이 세상에서의 시간이 짧은 걸까. 하지만 그들이 남긴 시간은 잠들지 않는다. 영롱하고 투명하게 살아나 영원불멸의 시간이 된다.

마음을 울컥하게 했던 문장, 이제는 불사의 시간이 된 그 문장을 하루하루를 살아가는 지침으로 삼으려 한다. 미운 것은 미운 것대로 남겨 두고 사랑할 것은 사랑할 것대로 따로 선별해 본다. 그러니 그리운 사람부터 시작해서 그리운 풍경, 그리운 책과 영화와 음악 그리고 아직 겪어 보지 못한 새로움까지, 사랑할 것들이 잔뜩 쌓여 있다. 그래, 마음이 흔들리고 미워할 시간이 없다. 쌓여 있는 사랑들을 다 쓰기에도 남은 시간은 넉넉하지 않다.

"모모, 네가 보고
들었던 것은 모든
사람의 시간이 아니야.
너 자신의 시간이었을
뿐이지."

00:99

미하엘 엔데, 『모모』
(한미희 옮김, 비룡소, 1999)

시간 얘기를 하는데 이 책을 빼놓을 수 없겠다. 바로 미하일 엔데의 『모모』다. 내 세대는 이 책을 읽으며 시간을 배웠다. 그런데 요즘 아이들도 마찬가지인가 보다. 도서관에 가면 아이들이 『모모』를 펼쳐 놓고 시간에 빠져드는 광경을 종종 본다.

『모모』에 나오는 여러 시간 개념 가운데 가장 매혹적인 것은 거북이 카시오페이아의 시간이었다. 정확히 반시간 앞을 내다볼 수 있는 카시오페이아의 예지력은, 『투명인간』의 주인공 그리핀 박사의 남의 눈에 안 보이는 능력과 함께 그 시절 내가 가장 탐내던 초인적 힘이었다. 그런 능력만 있다면 지구 최강의 내가 될 수 있을 것만 같았다.

그렇다고 이 책을 사심으로만 읽은 것은 아니다. 시간은 똑같이 흐르지만 사람마다 다르게 느껴진다는 묵직한 진리도 『모모』로부터 배웠다. 그리고 이러한 시간 개념을 크로노스(객관적 시간)와 카이로스(주관적 시간)라고 부른다는 것을 시간이 한참 흐른 뒤에 알게 되었다.

얼마 전 『모모』를 다시 읽었다. 호라 박사가 모모에게 건넨 "네가 보고 들었던 것은 모든 사람의 시간이 아니라 너 자신의 시간이었을 뿐"이라는 말이 처음 읽는 것처럼 새로이 와닿았다. 결국 세상의 그 어떤 시간도 내가 보고 듣고 느껴야만 진짜 시간이 될 수 있다는 얘기일까?

세상에는 깊은 통찰이 있는 수많은 시간이 있다. 하지만 호라 박사에 의하면, 그 시간은 아직 시간이 아니다. 그 시간에 담긴 통찰을 나만의 성찰로 만들어 나갈 때 비로소 진짜 시간이 된다. 그러니까 남의 시간을 엿볼 필요가 없다. 나만의 깨달음이 있는 카이로스의 시간에 집중할 때, 시간은 진짜 생명을 얻는다. 그 생명을 잘 살려 가는 것이 잘 사는 인생이리라.

전광판의 시계는 멈춰
있지만 피치 위로는
시간이 계속 흐른다.
그 어느 때보다도
밀도 높은 시간이.

김훈비,『우아하고 호쾌한 여자축구』
(민음사, 2018)

야구와 달리 축구는 시간제한이 있는 스포츠다. 제한된 시공간에서 어떻게 대결하느냐에 따라 승부가 결정된다. 하지만 버저가 울리면 모든 것이 끝나 버리는 농구나 아이스하키와는 또 다른 스포츠다. 축구에는 '추가 시간'이라는 것이 존재한다.

이 시간은 단지 추가된 시간이 아니다. 많은 일이 벌어지는 시간이다. 비록 짧은 시간이지만 지루했던 경기를 끝내는 극장골이 터지기도 하고, 더 나아가 만화 같은 동점골과 역전골까지 터지기도 한다. 전광판의 시간은 멈춰 있지만 그라운드에서 선수들은 보다 집중하고 보다 투지 넘치게 그 시간을 보낸다. 90분의 시간보다 더 밀도 있고 더 숨 막히는 시간이 그라운드를 흘러간다.

인생에도 추가 시간이 있을까? 있다고 본다. 대입에 실패해 다시 시작하는 시간, 취업에 실패해 다시 도전하는 시간, 공모전에 실패해 다시 모색하는 시간, 목표를 이루지 못했다고 좌절하지 않고 다시 불꽃같이 일어나는 시간. 인생의 추가 시간인 그 시간은 멈춰 있지 않다. 인생의 극장골과 역전골을 터뜨리기 위해 끊임없이 나를 다독이고 독려한다. 그러니 정규 시간에 결과를 내지 못했다고 낙담할 필요 없다. 우리에겐 보다 극적인 인생 장면을 만들 추가 시간이 기다리고 있다. 노래방에서도 숨겨 놓았던 인생곡은 주어진 시간이 아닌 추가 시간에 온 힘을 다해 부르지 않던가. 설사 골이 터지지 않더라도 그 추가 시간의 집념은 인생의 다음 경기에 긍정의 영향을 미칠 것임에 틀림없다.

인생이라는 드라마에서 하이라이트가 초반부에 나오는 것은 너무도 시시하다. 운명을 받아들이고 사랑하며 한 걸음 한 걸음 나아간다면, 인생의 추가 시간에 '아모르파티'에 맞춰 찬란한 라스트 댄스를 출 날이 언젠가 꼭 올 것이다. 인생은 끝날 때까지 끝난 것이 아니다.

시간의 말들
시간 부자로 살기 위하여

2024년 2월 24일   초판 1쇄 발행

지은이
조현구

펴낸이   **펴낸곳**   **등록**
조성웅   도서출판 유유   제406-2010-000032호(2010년 4월 2일)

주소
경기도 파주시 돌곶이길 180-38, 2층 (우편번호 10881)

전화   **팩스**   **홈페이지**   **전자우편**
031-946-6869   0303-3444-4645   uupress.co.kr   uupress@gmail.com

페이스북   **트위터**   **인스타그램**
facebook.com   twitter.com   instagram.com
/uupress   /uu_press   /uupress

편집   **디자인**   **조판**   **마케팅**
김은우, 조은   이기준   한향림   전민영

제작   **인쇄**   **제책**   **물류**
제이오   (주)민언프린텍   다온바인텍   책과일터

ISBN 979-11-6770-082-7 03810